きまじめ旦那様の隠しきれない情欲溺愛

～偽装結婚から甘い恋を始めます～

m a r m a l a d e b u n k o

JN052557

マーマレード文庫

目次

きまじめ旦那様の隠しきれない情欲溺愛
~偽装結婚から甘い恋を始めます~

きまじめ旦那様の隠しきれない情欲溺愛

～偽装結婚から甘い恋を始めます～

プロローグ

北海道の六月下旬は緑が旺盛に茂り、湿度もまださほど高くなく過ごしやすい時季だ。

買い物から戻ってきた仲沢栞《なかざわしおり》は、リビングの窓を半分ほど開ける。

途端に爽やかな風が室内に吹き込み、前髪を揺らした。よく晴れた午後、室内に差し込む明るい西日で家の中は熱気がこもっていたが、入り込んだ風がそれを一掃していく。

リビングの隣の自室、そのさらに隣の部屋も回り、窓を順次開けた。しかし次の瞬間、デスクに置かれていた書類が一枚、風を受けてハラリと落ちる。

それに気づいた栞は、あとから入ってきた部屋の主に慌てて謝った。

「ごめんなさい。風で飛んじゃって」

「ああ、いいよ」

栞の背後で足元に落ちた書類を拾った男性が、微笑《ほほえ》んで答える。

栞は地元の大学の文学部人文科学科に通う三年生で、現在二十一歳だ。そして目の前の――仲沢匠《たくみ》は、栞の〝夫〟だった。

「匠さん、このあとはお仕事をされます？」

「うん、少し」

「じゃあお夕飯は、七時くらいでいいですか」

「そうだね」

週末の日曜、久しぶりに二人で過ごす午後だった。

栞と同じ大学の工学部で助教の職に就く匠は、多忙で家にいる時間が少ない。彼は在宅時も、学生の論文の草稿添削や自分の論文の執筆、研究資料を読み込んだりと、遅くまで仕事をしている。

整った顔立ちで笑顔が優しい匠は、いつも穏やかだ。仕事中にだけ掛ける眼鏡《めがね》が、端整な顔に知的さを加味していた。

三十一歳の彼には落ち着きと余裕があり、そんな夫を前にするたび栞は高鳴る胸の鼓動を押し殺している。

（一緒に暮らすようになって、もう三年も経《た》つのに……わたし、いつになったら匠さんの顔に慣れるんだろう）

今日は入籍して三度目の、結婚記念日だ。

匠は「夜は外で食事しようか」と誘ってくれていたが、久しぶりの二人の時間をゆっくり過ごしたいと思った栞は、「わたしに家で作らせてください」と申し出た。

台所に向かった栞は、買ってきたままで置きっ放しの食材を冷蔵庫にしまう。料理の段取りを考えながら花瓶《かびん》に花を生けていると、背後に人の気配を感じた。

振り返った栞はそこに匠の姿を見つけ、彼に笑いかける。

「今、お茶淹《い》れますね。コーヒーにしますか、それとも日本茶？」

「栞、話があるんだ。……ちょっと座ってくれないかな」

なぜか改まった様子の匠に戸惑いをおぼえつつ、栞はダイニングの椅子に座る。

向かいに腰掛けた彼は、しばらく沈黙していた。

「……匠さん？　どうしたんですか？」

長い沈黙にいたたまれなさをおぼえた栞は、遠慮がちに匠に水を向ける。

彼は栞を見つめ、ようやく口を開いた。

「いつ話そうか、しばらく前から迷っていて……結局こんなタイミングになってしまったんだけど。今日は節目の日だし、やっぱりけじめをつけるべきだと思う」

「あの……一体何でしょう」

節目——ということは、結婚記念日に何か関係があるのだろうか。実は今日、栞も彼に言いたいことがあった。

（でもわたしの話は、匠さんの用件を聞いたあとでもいいかな。何だか改まった様子だし）

口に出すのは勇気がいるが、ずっと考えて決めたことだ。三年分の感謝を伝えたあと、自分の気持ちを正直に話したい。

そう考える栞に、匠は淡々とした口調で言った。

「栞。――離婚しようか」

「えっ？」

「君と暮らして三年になるけど、俺はこの生活にそろそろ区切りをつけたいと思ってる」

「――……」

言われた内容を瞬時に理解できず、栞は頭が真っ白になった。

なぜ突然こんな話をされるのか、わからない。ここ数日の匠の様子に変わったところはなく、今日一日の彼はいつもどおりに見えた。

何より今日は、結婚記念日だ。匠との関係において特別な日に、栞は彼に言いたいことがあった。

（「わたしを本当の妻にしてください」って——匠さんに言うつもりだったのに）

みるみる涙がこみ上げ、ポロリとひとしずく目尻から落ちる。それを見た匠が、苦い表情で視線を泳がせた。

「いきなりこんな話をして、栞を戸惑わせてしまっているのはわかってる。でも、生半可な気持ちで口にしたわけじゃないんだ。そもそも俺たちは、結婚の経緯からしてイレギュラーなものだった。当時と今の状況はもうだいぶ違うし、君の今後の人生について考えた結果、こうすることが一番いいって——」

「……しません」

「えっ？」

匠の言葉を遮り、栞はポツリとそう告げる。驚いた顔で口をつぐむ彼に、栞はぐっと拳を握りしめながら頑《かたく》なな表情で宣言した。

「離婚は、しません。匠さんが何と言おうと——わたし、絶対に届に判は押しませんから」

仲沢栞という人間を端的に表すなら、〝家族の縁が薄い人〟というのが正しいに違いない。

元々病弱だった父親は栞が二歳のときに病死し、写真でしか顔を知らない。父の死後は母子家庭で育ったが、忙しい母に代わって実際に栞の面倒を見てくれたのは、十歳年上の兄の櫂人《かいと》だった。

たった一人で生活を支える無理が祟《たた》ったのか、母親の小百合《さゆり》は栞が十一歳のときに仕事中に倒れて亡くなり、当時大学生だった櫂人が親代わりとなってくれた。

兄妹二人きりの生活に転機が訪れたのは、栞が十六歳のときだ。ある日弁護士を名乗る老齢の男性が訪ねてきて、思いがけないことを告げた。

『お二人の父方の祖父に当たる方が亡くなられ、あなた方は遺産相続の対象となっています』

父親の泰之《やすゆき》は資産家である君島《きみじま》家の長男だったものの、サラリーマンの娘である小百合との結婚を反対されてかけおちし、以後まったく実家に帰っていなかったらしい。

栞と櫂人の祖父が残した遺産は莫大で、長子である泰之亡き今、その子どもである二人が代襲相続の対象になっているというのが弁護士の話だった。

相続するに当たっては、泰之の弟――つまり叔父の泰隆《やすたか》を始めとする親族たちが異議を唱え、少々揉《も》めたらしい。しかし櫂人が上手く立ち回ってくれたおかげで、栞は若くして目の玉が飛び出るような額の財産を保有することとなった。

進学にかかる費用や生活の心配をしなくてよくなったのは幸いだったが、そのわずか二年後、栞は唯一の肉親である櫂人までをも事故で亡くした。

大学卒業後の櫂人は警察官となり、立派に職務をこなしていたが、その矢先の出来事だった。車を運転中に対向車線の車から突っ込まれるという不幸な事故で、当時大学に入学したばかりだった栞は呆然《ぼうぜん》とした。

(お兄ちゃんまでいなくなって——わたし、本当に一人になっちゃった)

栞にとって不幸なのは、それだけではない。

兄が保有していた祖父の遺産、そして彼の死亡保険金も相続することになった栞に対し、父方の親族からの粘着が始まったのだ。

彼らは天涯孤独になった栞に親切ごかしに近づき、莫大な財産を狙って自分たちの意のままに操ろうとしてきた。集《たか》り行為や借金の申し込みが相次ぎ、招かれた叔父宅では従兄《いとこ》に無理やり襲われそうになって、人の悪意に翻弄された栞はすっかり疲弊してしまった。

そんなとき救いの手を差し伸べてくれたのが、兄の友人の仲沢匠だ。匠は櫂人の中学時代からの親友で、栞とは昔から面識があった。彼は兄を亡くした栞を心配し、親族から粘着されている話を聞くと、事態を打開するべく方々に手を尽してくれた。

しかしそれでも親族からの接触はやまず、栞が身の危険を感じて大学に通えなくなるに至ったとき、彼はある提案をしてきた。

『君を守ってあげたいけど、今の状況では限界がある。俺は君に対して何の発言権もない、ただの他人だから』

『そんな……仲沢さんは、もう充分良くしてくださっています。結局はわたし自身の問題ですし、今後は弁護士さんと連携してやっていきますから、どうかお気になさらないでください』

匠が傍《そば》にいてくれるのは非常に頼もしかったが、いつまでも甘えるわけにはいかない。

そう考えていた栞に対し、彼は思いがけないことを言った。

『そこで考えたんだ。配偶者になれば、君を堂々と守ってあげられる。たとえ親族にしつこくされても、〝夫〟である人間が盾になれば、君が直接とやかく言われることはなくなるだろう』

『えっ?』

『だから俺と結婚しないか?』

匠の提案は本当に意外なもので、栞は心底驚いた。

しかし熟考した結果、栞はそれを受け入れた。匠は誠実な人柄で、栞の保有する財産に興味がなく、純粋に亡き親友の妹を心配してくれているのはその態度でわかっている。

何より栞自身、昔から匠に仄《ほの》かな恋心を抱いていたのも、その決断を後押しした。

かくして十八歳の栞と二十八歳の匠は、夫婦となった。親族は「そんなに若くして結婚するなんて」「どうせ財産目当ての男だろう」などと猛烈に反対してきたが、櫂人が亡くなるまでまったくつきあいのなかった彼らの意見は、栞にとって聞くに値するものではなかった。

だが入籍した夜、匠は栞に改まって言った。

『結婚はあくまでも君を助けるためのもので、いわば偽装だ。亡くなった櫂人に代わって、俺は君を守る。だが本当の意味で夫婦になる気はない』

『えっ？』

『要は君に指一本触れるつもりはないから、安心してほしいってことだ。でも外ではちゃんと〝夫〟らしく振る舞うよ』

その言葉は匠に好意を抱いていた栞を、少なからず失望させた。

確かに勢いで決めた結婚だったが、栞なりに夫である匠を愛し、幸せな家庭を築いていこうと考えていた。それなのに目の前でさっさと梯子《はしご》を外され、新生活への希望に冷や水を浴びせられた気がした。

（そっか……仲沢さんには、そんな気はなかったんだ。この人はわたしのことが好きなんじゃなく、ただお兄ちゃんへの義理立てで、わたしを守ろうとしてくれているだけなんだ）

ならば匠には、甘えすぎないようにしなくてはならない。

以来三年間、二人は穏やかに過ごしてきた。人前での匠は理想的な〝夫〟を演じ、人も羨むおしどりぶりを見せた。

だが家での二人は、ただの同居人だ。寝室は別々で、キスひとつしたことがない。

それを寂しく思い始めたのは、一体いつからだっただろう。一緒に暮らすうち、栞の中の匠への想《おも》いは募る一方だった。

彼はいつも優しく気配りができ、穏やかな声や物腰が安心できる。端整な顔立ちを見るたびに胸がきゅうっとし、栞は匠の〝妻〟である現状に、喜びともどかしさの両方を感じていた。

そうして気持ちが変化した栞とは対照的に、匠は家の中でも隙《すき》を見せることがなかった。

だらけた恰好《かっこう》をしたことはなく、風呂上がりも無防備な姿を見せずにきっちりパジャマを着込んでくる。栞は掃除や寝具の交換などで彼の部屋に入るのを許可されているが、匠のほうは栞の私室に入ってきたことは一度もない。

彼は当初言ったとおり、兄の櫂人の代わりに健全に栞を庇護《ひご》していた。この三年間、二人は夫婦ではなく、兄妹《きょうだい》といったほうがしっくりくる関係だった。

(今よりもっと、匠さんと打ち解けたいって思うのは……わたしの我儘《わがまま》なのかな)

縁あって夫婦になったのに、二人の距離は近くて遠い。

匠は自分たちの関係を「偽装結婚だ」と言っていたが、それは二十年、三十年先も永遠に続くものなのだろうか。

(わたしは——匠さんが好き。あの人にもっと近づきたいし、わたしを好きになってほしい)

結婚生活三周年を迎えるに当たり、栞はある決意をしていた。

入籍したときはまだ十八歳だったため、確かに匠のほうには「十代に手を出すわけにはいかない」という考えがあったかもしれない。だが現在の栞は、二十一歳の大人だ。匠に想いを告白し、彼の本当の〝妻〟にしてもらいたい——そう申し出るつもりでいた。

なのに先手を打って切り出されたのは、それとは真逆の「離婚しよう」という提案だ。言われた瞬間、栞は混乱し、悲しみと悔しさが入り混じった複雑な思いにかられた。

(匠さんは……わたしと別れたがってる。今の生活を手放しても、まったく惜しくないんだ)

匠にとっての自分は、あくまでも「親友の妹」にすぎなかったのだろうか。そう思うと涙が零《こぼ》れてきて、自室に引きこもった栞は枕に顔を埋《うず》めた。

両親を次々に亡くし、たった一人の肉親である兄も失ったとき、栞は寄る辺のない気持ちを味わった。たとえ莫大な財産があっても、寂しさは埋めてくれない。そんな栞に寄り添い、居場所をくれたのが、〝夫〟になった匠だった。

今の暮らしがずっと続くと安堵《あんど》していた矢先に、よりによって三度目の結婚記念日に手を離されそうになっている。

その事実に、栞は言葉にできないほどの心細さを感じていた。

(どうしたらいいんだろう。どうしたら匠さんは、離婚を思い留《とど》まってくれるの?)

丸三年間、一緒に暮らしてきた。そんな自分に対して、彼は微塵《みじん》も情は湧かなかったのだろうか。

匠の真意を問い質《ただ》したいが、聞くのが怖い。そこから動くことができず、ベッドの上に突っ伏した栞は、溢《あふ》れそうな思いをじっと押し殺した。

＊　＊　＊

室内に眩しい西日が差し込む午後三時、目の前で栞がリビングを飛び出していく。

それを見送った匠は、椅子に座ったままじっと目を伏せた。

(栞が驚くのも、当たり前かな。……話が突然すぎたのかもしれない)

だが、先延ばしにしても仕方がないことだ。今日は結婚記念日で、区切りをつけるには最適な日だと思えた。

台所には先ほど買ってきたばかりの花が、生けかけのまま放置されている。匠は結婚生活丸三年の節目に、妻の栞を自由にしてやるつもりでいた。

そもそもこの結婚は、財産狙いの親族から粘着されていた親友の妹を救うための暫定的なものだ。三年経つうちに親族からの接触はなくなっていて、結婚の原因は消滅している。それが匠が離婚を切り出した、表向きの理由だった。

（……本当はそれだけじゃないけど）

苦い笑いを浮かべ、匠は目を伏せる。

――このまま一緒にいれば、きっと手放せなくなる。愛情を育《はぐく》まないまま勢いで結婚したはずの〝夫〟に栞を縛りつけてしまうのは、彼女の将来を思えば望ましいことではなかった。

先ほど涙を零したときの栞の顔を思い出し、匠の胸はシクリと疼《うず》く。口に出したことは一度もないが、匠は彼女を愛していた。

初めは妹のように思っていたのに、どんどんきれいになる栞に目を奪われ、その素直さやふんわりした柔らかな雰囲気に心惹《ひ》かれている。

偽装結婚を持ちかけたのは栞を助けるためだが、昔から彼女を憎からず思っていたことも理由のひとつだった。しかしたとえ公に〝夫婦〟となったにせよ、自分たちの関係はあくまでも仮初めだ。

そう強く肝に銘じ、匠は安易に栞に手を出すまいと心に決めていた。

（結婚したときは本当に勢いで、互いに恋愛感情を抱く暇はなかったしな。たぶん栞は俺のことを、櫂人の代わりくらいには思ってただろうけど）

長年櫂人を交えて三人で会ってきたせいか、栞は彼の死後、匠に兄を重ねていた節があるように感じる。

一方の匠も栞を妹のような感覚で見ていて、〝疑似的な兄妹〟という関係は、当初それなりに安定していた。

しかし一緒に生活するうち、匠の中の感情は徐々に変化していった。栞は素直な性格で、何事も手を抜かない。家事にも学業にもいつも一生懸命で、匠に対する労《ねぎら》いや日々の感謝を絶やさず、ときおり見せるふわっとした笑顔や清潔感のある容姿が可愛《かわい》らしかった。

そんな栞と暮らすことが、匠はいつしか心地よくなっていた。元々あった彼女への好感が愛情に変わっていくのに、そう時間はかからなかった。

男として栞に触れたくなったことは、実はこれまで何度もある。風呂上がりの部屋着姿や無防備な寝起きの顔など、一緒に暮らしていなければ見る機会のない姿を目の当たりにするたび、匠は彼女に対する想いが募っていくのを自覚していた。

(でも……)

その気持ちを、栞に気づかれるわけにはいかない。なぜなら自分たちは、恋愛感情を伴わない〝偽装結婚〟だからだ。

入籍した日に栞にそう宣言したのは、他ならぬ匠自身だった。

「本当の夫婦になる気はない、君に指一本触れるつもりはないから、安心してほしい」と言った手前、それを反故《ほご》にするのは契約違反だ。自分勝手な感情で、栞に負担をかけたくない――匠はそう考えていた。

（あの子は優しいから……もし俺が気持ちを伝えたら、好きでもないのに応えようとするかもしれないしな。そんな我慢をさせるくらいなら、黙っていたほうがいい）

〝財産目当ての親族から守るため〟という大義名分で結婚した匠に、入籍当初の栞はひどく遠慮していた。

数年経った今もこちらに対する感謝を忘れていないのは、日々の態度でわかっている。

そうした状況で匠が想いを伝えた場合、自分のせいで結婚歴をつけたという負い目を持つ彼女は、義務感で応えようとする可能性があった。しかしそんなふうに栞を手に入れるのは、匠が望むことではない。

（上手くいかないな。最初に恰好つけてあんな大口を叩《たた》かなければ、こんなふうにはならなかっただろうに）

匠は目を伏せ、自嘲して笑う。

表面上は穏やかに生活しながらも、最近の匠は気持ちを抑えることが少しずつ苦痛になりつつあった。

栞が大学を卒業するまでは婚姻を継続し、彼女を守るべきだと考えていたが、親族からの接触がやんだのなら匠が傍にいる理由はない。

ならば自分の気持ちが暴走する前に、栞との関係にけじめをつけたほうがいい――そう結論づけて切り出した離婚だったが、彼女は先ほど頑なな表情で拒否した。

「離婚届には絶対に判を押さない」と告げられたのを思い出し、匠は複雑な気持ちになる。あの涙の意味は、一体何だったのだろう。突然離婚すると言われたことで、匠から見捨てられるような気持ちになったのだろうか。

もしそうなら、きちんと自分の意図を説明しようと匠は思った。たとえ今までとは違う関係性になったとしても、これからも個人的に力になりたいというスタンスに変わりはない。彼女が納得できないのなら、わかってもらえるまで言葉を尽くすしかないだろう。

（……なるべく早く片をつけたいけど、どうなるかな）

栞には、おそらく考える時間が必要だ。

とりあえず今日はそっとしておこう――そう考え、匠は明るい窓の外に視線を向けて物憂いため息をついた。

第一章

カーテンが開けっ放しの室内には、昇ったばかりの眩《まぶ》しい朝日が差し込んでいる。目が覚めたときは翌朝の五時で、栞は自分が着衣のまま眠っていたことに気づいた。

(昨日、匠さんに夕食……作らなかった)

楽しみにしていた三度目の結婚記念日は、最悪の日になってしまった。

泣きすぎたせいで頭の芯が鈍く痛み、メイクを落としていない瞼《まぶた》がひどく腫れているのがわかる。ご馳走を作るために買い込んだ食材はそのまま冷蔵庫の中に眠っているはずで、「匠は夕食をどうしたのだろう」と考えた栞は、ベッドの上に起き上がりつつ忸怩《じくじ》たる思いを噛《か》みしめた。

(子どもじゃないんだから、きっとお腹《なか》が空《す》いたら自分で何とかしたよね。本当は匠さん、わたしがいなくても一人で何でもできるし)

結婚した直後のことを、栞は思い出す。

当時栞は、毎月の生活費を自分の預金から出すつもりでいた。この結婚があくまでも〝偽装〟なら、何もかも匠に甘えるのは筋違いだからだ。

そう考えて生活費の支払いを申し出たものの、彼は受け取りを拒否した。

『君は今、学生で働いていなくて、俺の扶養に入ってる。結婚したからには君の生活の面倒は全部俺がみるから、気にしなくていいよ』

『でも――仲沢さんに、そこまでしていただくわけには』

『俺には収入があるし、夫なんだからそうするのが当たり前だろう？　それから今後は、君も〝仲沢〟だ。俺のことは、名前で呼んでくれるとうれしい』

匠は栞の生活費の面倒をみるだけではなく、当然のように家事もやろうとしてきた。栞はそんな彼に、「わたしに全部やらせてください！」と言い、今はすべて一人でこなしている。

母子家庭で育ち、幼い頃から当たり前に家事をやってきた栞は、掃除や炊事をすることがまったく苦ではなかった。だが匠は休みの日には積極的に手伝いをしてくれ、そうして二人でする作業が、栞はとても好きだった。

（でも、これからは……それがなくなるんだ）

じわりと涙がこみ上げ、栞は唇を噛む。

昨日からずっと考え続けているが、気持ちの折り合いがつかない。とにかく匠に別れを切り出された事実が悲しくて、今後のことなど何も考えられてはいなかった。

（……シャワーを浴びよう。匠さんに、朝ご飯を作らなくちゃ）

自室を出た栞は、しんと静まり返った廊下を通ってバスルームに向かう。

案の定、鏡で見た目元は腫れぼったくなっていて、こんな顔で外に出るのが憂鬱になった。水で冷やしたりしたもののあまり変わらず、結局諦めていつもどおりに化粧をする。

一時間ほどで身支度を済ませた栞は、キッチンで朝食の準備に取りかかった。ご飯を炊き、あらかじめ砂抜きしていたあさりを使って味噌汁《みそしる》を作る。甘い味付けの卵焼きには大根おろしと万能ねぎを載せ、常備菜の蒟蒻《こんにゃく》の炒《いた》め煮《に》や鯵《あじ》の南蛮漬け、ブロッコリーの胡麻和《ごまあ》え、トマトなどと一緒にワンプレートに盛りつけた。

途中、廊下のほうで匠が自室から出てくる音がして、彼が洗面所に向かったのがわかる。ちょうど朝ご飯が出来上がったタイミングで、身支度を終えた匠がリビングに入ってきた。

「おはよう」

「……おはようございます」

今日の彼は形のきれいな白のシャツにグレーのパンツを合わせた、清潔感のある服装だ。

肩幅がしっかりしていて脚も長いため、匠はシンプルな恰好だとスタイルの良さが際立つ。

栞はご飯をよそい、味噌汁を並べたあと、匠の向かいの席に座った。「いただきます」とつぶやいて朝食に箸をつけたものの、気まずさが募ってあまり食が進まない。

一方の匠は、まったく普段と変わらない様子で黙々と箸を口に運んでいる。

(……匠さんは、どうしてそんなにいつもどおりの顔でいられるんだろう)

昨日離婚を切り出されるまで、栞は不穏な兆候を一切感じなかった。

一緒に買い物に出掛けたときも特におかしな様子はなく、だからこそ昨日の話は青天の霹靂《へきれき》だった。

(それとも匠さんの中では、たいした話じゃなかったってこと？　わたしと別れるのはこの人の中でとっくに決定事項で、深刻な顔をする必要もなかった……？)

考えているとまた涙がこみ上げそうになり、栞は口の中のものを無理やり飲み込む。

互いに沈黙したまま食事が進み、やがて箸を置いた匠がこちらを見た。

「——栞、昨日のことだけど」

「……っ」

ビクッと肩を揺らした栞を見て、匠が何ともいえない表情になる。彼は食べ終えた食器を重ねながら、穏やかな口調で続けた。

「急な話だったし、昨日の今日ですぐに結論を出せとは言わない。君にもいろいろと考える時間が必要だろうしね。切りのいいところで、来月末に改めて話そう」

「……………」

「ご馳走さま」

食器をシンクに下げ、出勤の準備のために自室に向かう匠を、栞は無言で見送る。

心のどこかで、「昨日の話は、何かの間違いに違いない」という希望を抱いていた。しかし匠の言葉は離婚の提案が嘘《うそ》ではないと裏づけるもので、栞は胸に鋭い痛みをおぼえる。

（来月末に、改めて話す？　わたしはそれまでに、結論を出すことができるの……？）

今は六月の下旬で、彼が提案した期限まで一ヵ月以上ある。だが栞は、結論を出したあとの自分をまったく想像できなかった。

心が千々に乱れてどうしようもなく、栞はほとんど手をつけていない茶碗の中身を見下ろし、箸を置く。そして震える吐息を押し殺し、鬱々とした気持ちで目を伏せた。

栞が通うH大学は自宅マンションから徒歩で十分ほどの距離にあり、街の中心部にほど近く広大な敷地面積を誇る。

街側に位置する正門から入ると、すぐ左側にインフォメーションセンター、真っすぐ進んだ先には美しい緑地帯があった。H大のキャンパスを象徴する場所で、ハルニレが多く植えられる真ん中を小川が流れ、きれいに整備された公園のような雰囲気だ。栞が通う人文・社会科学総合研究棟は、芝生広場の手前から右に曲がり、経済学部や法学部の看板を通りすぎた先にある。

現在栞は人文科学科で芸術学講座を履修し、西洋美術史を学んでいた。芸術の実技や制作ではなく、理論的・歴史的観点から芸術や美の研究に取り組む分野だ。

「栞、どうしたの？　そんな顔して。目がすごく腫れてるけど……」

月曜の一限目は授業がなく、二限目は午前十時半から始まる。

十時過ぎに大学に行くとすぐに友人の宮前冬子《みやまえふゆこ》から泣き腫らした目を指摘され、栞は押し黙った。尋常ではない様子を悟ったのか、彼女は栞を人気のないロビーのベンチに誘う。

「ほら、座って。何があったの？　まさかご主人と喧嘩《けんか》でもした？」

「……っ」

冬子は旧家のお嬢さまで、口調や物腰がおっとりしている。

長い艶やかな黒髪と整った顔立ち、優雅な所作などから、隠しきれない育ちの良さがにじみ出ていた。栞とは大学に入ってすぐ仲良くなり、結婚している事実も知っている。

栞は小さな声で答えた。

「喧嘩は、してない。でも……昨日匠さんに、突然『離婚しようか』って言われて」

——夫の匠に、離婚を切り出された。

そんな栞の言葉を聞いた冬子が、束《つか》の間《ま》絶句する。彼女は驚いた表情で問いかけてきた。

「離婚って、どうして……あなたたち、昨日が結婚記念日だったんでしょう？　そのタイミングで言われたの？」

頷《うなず》いた栞の目に、じんわりと涙がこみ上げてくる。冬子がハンカチを取り出し、それを栞に手渡しながら言った。

「一体どういうことなの。彼、何か理由を言っていた？」

「わかんない……でも、『生半可な気持ちで口にしたわけじゃない』って。今後のわたしの人生を考えたら、離婚するのが一番いいんじゃないかって」

親友である冬子は、栞と匠が結婚した経緯、そして二人の関係が〝偽装〟で、キスひとつしていないということまで知っている。

彼女が眉をひそめて考え込んだ。

「ご主人は、栞の人生について気にしていたのね？　もしかすると、彼は前からこうするつもりだったのかもしれないわ」

「こう、って？」

「最初からほとぼりが冷めたら、離婚するつもりだったんじゃないかってこと。だってそもそもは、あなたの親族が粘着するのを防ぐために結婚してくれたんでしょう。もう三年も経ったんだし、自分の役目は終わったって思ったのかも」

「――……」

昨夜はとても冷静に考えられなかったが、確かに冬子の言葉は一理ある気がする。

栞がそんなふうに考えていると、彼女はボソリと付け足した。

「他に可能性として考えられるのは――彼自身に、他に好きな人ができたとかね」

「えっ？」

思わず大きな声を出し、栞は冬子を見つめる。

彼女が慌てて言った。

「あくまでも可能性のひとつよ？　いくらあなたたちに身体《からだ》の関係がないとはいえ、世間的には夫婦だし、そんな状況で他の人とつきあえば不倫でしょう。だったら離婚して、そのあとに相手の元に行くほうが、倫理的には正しいわ」

思いがけない意見に、栞は言葉を失った。

（匠さんに……好きな人がいる？　その人とつきあうために、わたしと別れたいの……？）

冬子の言うとおり、今の段階では可能性のひとつにすぎないとわかっている。しかしリアルにそんな状況を想像するだけで、栞の胸は痛みをおぼえた。

匠と結婚したきっかけは、愛情ではない。この三年間、栞はずっと夫である匠に恋してきたが、彼は性的な意味でこちらに触れようとしたことや、それを匂わせたことは一度もなかった。

（匠さんにとっての結婚は、あくまでもお兄ちゃんへの義理立てで……やっぱりわたしは、恋愛対象ではなかったのかな。だから離婚したいって）

最初に「君に指一本触れる気はない」と言われた時点で、それはわかっていたつもりだった。

だが三年一緒に過ごしても、匠の気持ちは欠片《かけら》も揺るがなかったのだろうか。そう落ち込む栞をじっと見つめ、冬子が小さく息をついて言った。

「そんな顔をするってことは、離婚に納得できないのね。ご主人を諦められないの？」

「……うん」

「だったら正直にそう言うしかないわ。離婚は双方の合意がなきゃできないんだし、納得できるまでとことんぶつかればいいのよ」

——それでいいのだろうか。

これまで栞の中には、匠に対して「自分のために、意に染まぬ結婚をさせてしまった」という負い目があった。夫婦でありながら見えない壁を隔てるように接し、彼に恋心を抱いていても、遠慮が先立ってそれを口に出すことができなかった。

（匠さんがわたしと別れたいのなら……彼を解放してあげるべきなのかもしれない。それがわたしがしてあげられる、唯一のことだったら）

だがその前に、ほんのわずかでも匠がこちらに振り向く可能性があるのなら、それに賭《か》けてみたい。

そう考え、栞は顔を上げて冬子を見た。

「冬子ちゃん——わたし、匠さんと話す。それで、離婚はしたくない、本当の夫婦になりたいって伝えてみる」

「いいんじゃない？　だってこれを逃したら、もう機会はないんだし」

「そ、そうだよね」

今を逃したら、もうチャンスはない。

既に「離婚しよう」とカードを切られているのだから、それを覆すためにはがむしゃらにぶつかるしかなかった。

（匠さんはたぶん帰りが遅いけど、このままにしておくのは嫌だし、今日中に話をしてみようかな）

話をした結果、どういう展開になるのかが想像できず、重苦しいものが栞の心を満たす。

不安と期待が入り混じった気持ちを感じながら、会話の運び方をあれこれと考え、栞はその後の講義を上の空で過ごした。

＊＊＊

大学職員のひとつである〝助教〟という職は、まだ一般には馴染《なじ》みが薄い。

近年できた大学の新しい職位で、教授、准教授、講師の下に当たる。大学のさまざまな業務を分担して行っており、その内容は多岐に亘《わた》っていた。

学生の指導はもちろんのこと、大学のイベントの取りまとめや運営・管理の他、匠は情報理工学実験と数学演習、二つの授業を受け持っている。

八月のオープンキャンパスの準備や卒論テーマの締め切り、そして大学院入試を前に、ここ最近の匠は自身が担当する雑務をこなしたり、教授の講義の助手を務めたり、学生の実験や院試勉強につきあう日が続いていた。

必然的に自分のことは後回しになるため、夜自宅に戻ってからやらなければならない。

研究室内の自分の席でパソコンに向かっていた匠は、眼鏡を外して疲れた目を揉んだ。

（あー、眠い……）

八月の初旬に二日間の日程で開催されるオープンキャンパスは、大学の重要行事だ。学科紹介や模擬講義、研究室ごとの研究紹介を通じて、高校生やその保護者、市民に学部のカリキュラムをアピールする。

匠は他の研究室の助教と協力しつつ、ＴＡ《ティーチングアシスタント》の確保や、各研究室の見学実施内容の取りまとめを受け持っていた。そのあとも大学への報告業務、パンフレットや張り紙等の配布物の準備、連絡事項の伝達や当日の運営など、仕事は多い。

集中して業務を片づけるべきなのにどうにも気がそぞろなのは、昨日栞に切り出した話のせいだ。匠は妻である彼女に、離婚する意思を申し出ていた。

(……泣き腫らした目をしてたな)

今朝顔を合わせた栞は、泣いたのがありありとわかる顔をしていた。

いつもどおりに朝食を作ってくれたものの、「おはようございます」という挨拶以外には喋《しゃべ》らず、うつむきがちに箸を口に運んでいた。

自分の言葉で彼女を泣かせてしまった事実に、匠の胸は痛んだ。こちらの予想では、離婚を切り出したあとの栞は一瞬戸惑いはするものの、素直に「わかりました」と答えるものだと思っていた。

(彼女なりに、俺との生活を楽しんでいたのかもしれない。でもこれからのことを考えたら、やっぱり早く別れたほうがいいに決まってる)

三年間、栞は妻として申し分ない働きをしてくれた。

家はいつもきれいに片づいていて、寝具もこまめに洗濯され、忙しい学業の合間に栄養バランスを考えた食事を作ってくれていた。

匠は年に数回、恩師や友人と会う際に彼女を同伴する機会があったが、清楚で控えめな栞はとても評判が良かった。離婚すれば、きっと周囲は「なぜあんないい奥さんを」と思うに違いない。

もし直接そう言われた場合は、匠は離婚の原因はあくまで自分の多忙さが原因であり、彼女にはまったく非がないと説明するつもりでいた。

（俺と別れても、栞にはいい出会いがある。――そしていずれ、本当に好きな相手と結婚できる）

だがその相手は、自分ではない。

そう思った途端、ズキリと胸に痛みが走り、匠は目を伏せた。栞は容姿が可愛らしく、性格も素直で雰囲気が柔らかい。女性として魅力を感じる男は、きっと大勢いるはずだ。

その後仕事に集中し、匠が大学を出たのは、午後十時を回っていた。ひんやりした夜気を感じながら昼間より閑散とした通りを歩き、徒歩十分ほどのところにある自宅マンションに到着する。

リビングには栞がいて、少し緊張した様子で言った。

「お、おかえりなさい」

「ただいま」

鞄を置き、上着を脱ぐ匠に歩み寄りつつ、彼女が問いかけてくる。

「お夕飯、どうしますか？」

「ああ、九時頃に教授《せんせい》の出張土産《みやげ》のお菓子を食べたから、あんまり腹が減ってないんだ。だから今日のおかずは、明日の朝もらおうかな」

匠の答えに、栞が「そうですか……」とうつむく。

そのまま自室に向かおうとした瞬間、彼女が突然声を上げた。

「あ、あの！」

立ち止まった匠は、その場で振り返る。

すぐ真後ろで、栞がこちらを見上げていた。

「昨日の……話ですけど。一方的に会話を中断して、部屋に引きこもったりして、すみませんでした。今日の朝も、わたしはろくに話もしなくて……子どもっぽい態度を取ったことを反省しています」

「ああ、いいんだ。栞が混乱するのは当然だと思う」

てっきり来月末に話をするのだと思っていた匠は、栞が話しかけてきたことを意外に感じていた。

もっと時間がかかると思っていたが、彼女は早くも結論を出してしまったのだろうか。そう考える匠を見つめ、栞が言葉を続けた。

「昨日からずっと、いろいろ考えました。自分がどうするべきかって……。でもわたし、匠さんと別れるつもりはありません」

きっぱりした口調で告げる彼女を見下ろした匠は、しばらく沈黙する。

そして小さく息をつき、抑えた口調で言った。

「――栞、何を意固地になってるのか知らないけど、これまでの三年間、俺たちは本当の意味で夫婦じゃなかったはずだ。その歪《いびつ》な関係を、今正常な形に戻すだけだよ。君の親族ももう接触してきてはいないし、この関係を解消すれば、君は新しい恋人を見つけていずれ幸せな結婚ができる」

「そんなことは望んでいません。わたしは今までの暮らしで、充分幸せでしたし。それとも匠さんは、他に好きな人ができたんですか？」

「……それは」

何と答えるべきだろう。いっそ「そうだ」と言えば、栞は離婚を承諾するのだろうか。

言いよどむ匠を見た彼女が、かすかに顔を歪《ゆが》める。そして躊躇《ため》らいの表情で視線を泳がせたあと、突然匠の服の裾をつかむと、つま先立ってキスをしてきた。

「……っ」

あまりに予想外の行動で、咄嗟《とっさ》にかわすこともできなかった匠は、驚きに目を瞠《みは》る。唇は触れるだけですぐに離れ、栞が匠のシャツをつかんだまま間近でじっと見つめてきた。彼女は目元を赤く染め、ささやくような声で言った。

「確かに今までのわたしたち――ちゃんとした〝夫婦〟ではありませんでした。だったらこれからそうなれば、何も問題はないですよね？」

「そうなれば、って……」

栞は一体、何を言っているのだろう。

そう思った瞬間、彼女がグイッと腕を引っ張ってきて、匠は驚いた。

「ちょっ……！」

意外なほど強い力で、ソファの上に押し倒される。

栞が匠の上に跨《また》がり、おもむろに服を脱ぎ始めた。カットソーを脱ぎ捨てると、繊細なレースで縁取られたブラがあらわになる。

その肌の白さ、そして予想外の色っぽさに、匠はドキリとした。華奢《きゃしゃ》な体型のせいか幾分小ぶりではあるものの、彼女は胸の谷間がきれいで、思わず目を奪われる。

「……触ってください」

栞が熱っぽい眼差《まなざ》しで匠を見つめ、こちらの手をつかんで自分の胸に押し当ててきた。

ブラの少しごわつくレースの感触、その下の弾力のあるふくらみと体温を手のひらに感じ、匠は息をのむ。

しかし固まっていたのは一瞬で、すぐに我に返った匠は栞につかまれた手を強引に抜き去ると、毅然《きぜん》とした口調で告げた。

「――いい加減にしなさい」

「……っ」

「いきなりこんな真似《まね》をする意味がわからないよ。君はもっと自分を大切にするべきだ」

彼女の頬にみるみる朱が差していき、ぐっと唇を噛む。

事の成り行きに頭がついていかない匠は、栞が泣くかと考え、内心ひどく焦りをおぼえた。

努めて落ち着こうとしながら、匠は躊躇いがちに彼女に呼びかけた。

「栞、俺は……」

目をそらした栞が、匠の上から下りる。

床のカットソーを拾い上げた彼女は泣きそうな顔でうつむき、服を胸元に強く引き寄せて押し殺した声でつぶやいた。

「匠さんの――馬鹿」

栞が踵《きびす》を返し、リビングを飛び出していく。

点けっ放《ぱな》しだったテレビではバラエティー番組が放送されていて、空々しい笑い声がやけに大きく響いていた。ソファで上体を起こした中途半端な姿勢のまま、匠は閉まったリビングのドアを呆然《ぼうぜん》と見つめ続けていた。

＊＊＊

天気は薄曇りでチラチラと日が差しているものの、遠くの空には黒っぽい雲が浮かんでおり、午後から雨の予報になっている。

気温は二十三度と過ごしやすく、ときおり吹く風が木々の葉を揺らしてサラサラと音を立てていた。

広い大学の敷地内、隣を歩く冬子が、おっとりとした口調で言った。

「ふーん、話をするとは言ってたけど、そんな展開になっていたとはねえ」

「…………」

「いきなりキスされた挙げ句、ソファに押し倒されて、ご主人すっごく驚いたんじゃないかしら。しかも『馬鹿』なんて言われたら、もう何が何だか」

前日の月曜に続いて一限目の講義がない火曜、空き時間を利用して図書館に向かう途中の栞は、彼女と並んで歩きながらひどく落ち込んでいた。

冬子がため息をついて言葉を続ける。

「あのね、栞のやり方って絶対まずかったわよ。だって肝心の話は、まったくしてないんでしょう？　『別れるつもりはありません、今すぐ既成事実を作ればいい』なんて、今までの栞とは違いすぎて、ご主人はショックだったと思う」

「そ、そうかな……」

生粋のお嬢さまである冬子だが、大学に入ってからの彼女は、それなりの数の異性とつきあっている。

卒業後は親の決めた相手とお見合いしなければならないらしく、「今のうちにいろいろ経験しておきたい」という考えで、合コンにも積極的に参加していた。

（人妻のわたしより、冬子ちゃんのほうが経験値が高いんだよね……。だからこそ、

いろいろと言いやすい部分もあるんだけど）

そんな冬子は親しくなった当初に栞の身の上話を聞き、「旦那さまに恋するなんて、ある意味純愛よね」と言って、良き相談相手になっていた。

今も茶化しつつ親身になってくれているのが伝わってきて、栞は彼女に問いかける。

「ねえ冬子ちゃん、わたし、これからどうしたらいいと思う？」

「うーん、そうねえ。今朝はご主人と、顔を合わせていないの？」

冬子の言葉に、栞は頷く。

昨夜、自室に戻ったあとの栞は自分の行動のまずさに気づき、青くなった。確かに冬子の言うとおり、匠はこちらに幻滅したかもしれない。

何しろ離婚を前提に話し合っている最中、これまでまったく性的な接触をしてこなかった〝妻〟に、いきなり押し倒されたのだ。

（匠さんは、わたしを軽蔑したかも。……あんなふうに怒るところ、初めて見た）

「いい加減にしなさい」と叱《しか》りつけてきたときの匠は、いつになく厳しい表情をしていた。

栞からしてみれば、昨夜の行動は半端な気持ちでしたことではなく、清水《きよみず》の舞台から飛び降りるくらいの覚悟で臨んだ結果だ。

栞は匠が好きで、彼にならすべてを捧げても構わないと思っている。そうして決死の覚悟で仕掛けた行動だったのに、匠にすげなく拒否されてしまった。

今朝は彼がどんな顔をするかと想像するだけで怖くなり、朝食の用意をしたあとの栞は自室に引きこもっていた。そして匠が食事をしているあいだにそっと家を出て、その後は朝営業のカフェで一限目までの時間を潰した——栞のそんな説明に、冬子が呆《あき》れた顔をして言う。

「なあに、もう。考えなしにいきなりそんな行動をするから、逃げ隠れする羽目になるのよ。あなたときたら処女のくせに、暴走特急並みに向こう見ずなんだもの」

「ご、ごめんなさい……」

彼女はスマートフォンを取り出し、何やら操作している。栞はそれを横目でチラリと窺《うかが》いつつ、冬子に問いかけた。

「冬子ちゃん、誰に連絡取ってるの？」

「あのね、栞は少し男性の心理について学んだほうがいいと思うの。女の子慣れしてるけどガツガツしてないタイプを呼んであげるから、彼の話を聞いてみて」

「えっ、わたしが？　その人と会うの？」

「そうよ。大丈夫、二人きりにはしないから」

そこで図書館に到着して、栞と冬子は一旦別れ、それぞれ目的の資料を探す。

半月後に前期合同発表を控えた栞と冬子は、現在かなり忙しかった。学部三年から修士二年の学生が各自の研究成果を合同で発表するもので、成績の評価に関わる重要なイベントだ。

今回は初めて発表に参加するとあって、事前準備に手間取っている。発表の日は自分の研究分野以外の話を聞ける上、所属ゼミではない先生のアドバイスももらえるため、作業は大変だが当日が楽しみでならない。

書架から抜き出した本をパラパラとめくりつつ、栞は考える。

(女慣れしてるけど、ガツガツしてないタイプって……そんな知り合いがいるなんて、冬子ちゃん、本当に顔が広いんだな)

その人物と話して、すぐに男性の心理がわかるものなのかどうかは半信半疑だ。しかし匠との関係を変える糸口になるのなら、会う価値はあるのかもしれない。

一人になると昨夜の匠の厳しい表情ばかりが思い出され、泣きたい気持ちがこみ上げる。初めて触れた彼の唇は予想していたよりずっと柔らかく、身体つきは硬くしっかりとしていた。

男らしい大きな手、その指の長さやゴツゴツした感触がよみがえり、栞の胸の奥がぎゅっとする。

（匠さんを、わたしのものにしたい。――たとえあの人に、他に気になる相手がいたとしても）

昨日、栞が「他に好きな人ができたのか」と問いかけたとき、匠ははっきりと答えなかった。

大学教員の彼は人と接する機会が多く、その中にはきっと異性もいる。日頃の忙しさを思うとそうした相手と会う暇はなさそうだが、匠と栞は離れている時間のほうが長いため、その可能性を完全には否定できなかった。

（匠さんを繋《つな》ぎ止めるためなら……何でもする。冬子ちゃんがセッティングしてくれた機会を、ちゃんと生かさなくちゃ）

そのためには今やっている資料作りに一定の目途《めど》をつけ、彼女が呼び出してくれる人物と会わなくてはならない。

書架から数冊の本を選び出した栞は、テーブルに向かう。そしてルーズリーフを広げ、本を読み込みながら、要点をまとめることに集中した。

第二章

助教である匠の授業の受け持ちは講義ではなく、演習や実験が主となる。

〝数学演習〟は線形代数学の演習で、行列の階数や演算、ベクトル空間、一次独立と一次従属など、理系の人間には馴染み深い内容だ。九十分のうち、六十分は学生が解答に費やし、残りの三十分は匠が問題の答えについて解説をする授業構成となっている。

腕時計で時間を確認した匠は、顔を上げて言った。

「時間です、手を止めてください。問題一から、順次解説をしていきます。『次の中で積が定義されているものを選び、積を求めよ』とのことなので、まずはAが4×3行列、Bが3×4行列、Cが3×3行列である部分に注目。これによって①と③は共に『積は存在しない』ことが導き出されるので、残る②、④、⑤の積を求めていきます」

黒板に数式を書き、問題の解を詳しく説明する。

やがて授業を終えた匠は問題集を手に、所属する研究室がある情報科学研究科棟の八階へと戻った。途中、廊下の窓から見える曇天を眺め、ため息をつく。

（……雨が降るのかな）

気分が欝々として、仕方がない。

自分の部屋に入ろうとすると、ちょうど学生部屋のソファスペースで談笑していた准教授の塚田《つかだ》が、廊下に出てきた。

「お疲れー、仲沢くん」

「お疲れさまです」

「どうしたの、何か雰囲気が暗いけど。いつも爽やかな仲沢くんらしくないじゃん」

塚田からそんなふうに言われるのなら、よほど落ち込みが顔に出ているということだ。匠はあえてニッコリ笑い、彼に答えた。

「全然。元気ですけど、何か？」

「そうだよな。可愛い年下の奥さんがいるんだから、毎日ハッピーに決まってるよなあ。で、どうなの、最近」

「別にどうもしないですよ」

塚田には既婚である事実を知られているものの、相手が同じ大学の学部生であること、そして現在離婚協議中であることまでは話していない。

匠と栞は学部が違い、構内ではまったく接点がないが、同じ大学の教員と学生という間柄だ。関係を公にするのはよろしくないと考え、今までは妻である栞が大学生であるのは伏せて、あえて口外しないようにしていた。

「いいよなー、忙しさに理解のある奥さんで。結婚三年目だっけ、どうせまだラブラブなんだろ？　うちの嫁さんなんかさ、そりゃあ冷たいもんだよ。結婚当初は俺が忙しいことにブーブー文句たれてたくせに、今はたまに家にいると、かえって邪魔臭そうな顔をされるしさ」

「そうですか」

「もうね、俺がいなくて当たり前の生活スタイルが確立されてるんだよね。すっかりATMっつーか……心なしか、娘も冷たい。今、小学四年生なんだけど」

「それは寂しいですね」

しばらく塚田の愚痴につきあってやると、彼は気が済んだのか「あ、そうそう」と本題に入った。

「須藤《すどう》教授《せんせい》がシンポジウムの準備の進捗、気にしてたよ。大丈夫？」

「大丈夫です。いろいろ他にやらなきゃいけないことはありますけど、ちゃんと間に合わせますから」

塚田が去っていき、匠は自分の部屋に入ってパソコンを立ち上げる。

いくつかきていたメールの返信をし終え、気づけばぼんやりしていた。

(昨夜の栞は、一体どういうつもりだったんだろう。……あんなことするなんて)

突然キスされ、ソファに押し倒してきた彼女に危うく襲われかけたのは、つい昨日の話だ。

匠の混乱は、一晩経った今も治まってはいない。まさか栞が、あれほどまでに離婚を拒絶するとは思わなかった。今までは夫婦といえども、〝偽装〟であることは互いに納得していた。だからこそ三年ものあいだ、性的な接触をしてこなかったという経緯がある。

(それなのに……)

昨夜の栞は、「これからちゃんとした〝夫婦〟になればいい」と言って、匠にキスをしてきた。

それどころかその先の行為にも及ぼうとしてきて、匠は動揺しつつも彼女を押し留め、その結果栞は自室に引きこもってしまった。

「……どうすればよかったんだ」

パソコンの画面を見ながら、匠はポツリとつぶやきを漏らす。

三年前のあのとき、匠から見た栞は、天涯孤独の庇護すべき少女だった。唯一の肉親である櫂人を亡くした彼女は見ていられないほど痛々しく、その悲しみも癒えぬまま財産狙いの親族に粘着されて、放っておけば身ぐるみ剥がされかねない勢いだった。

親友の櫂人がどれだけ妹の栞を大切にしていたかは、中学時代からのつきあいの匠はよく知っている。その櫂人が突然の事故でこの世を去り、一人になってしまった彼女を放置することは、匠にはどうしてもできなかった。

しかし他人である自分ができることはそう多くなく、栞に関しての発言権もない。そこで考えたのが、仮初めの結婚だ。

匠は自分の役割を、あくまでも〝櫂人の代わり〟だと考えていた。高校を出たばかりの十八歳の栞にはまだ庇護する存在が必要で、兄である櫂人ができなかったことを成し、いずれ彼女が別れたくなったときに手を離す――それが入籍したときから決めていた、匠なりの終着点だった。

(でも……)

予定よりそれが少し早まったのは、匠の中で栞への気持ちが抑えきれなくなってきたからだ。

三年間、兄妹のように健全に暮らしてきたという現状から、おそらく匠は栞に警戒されてはいない。

だが言い換えればそれは男として意識されていないということで、そんな相手が実は恋情を抱いていると言っても彼女は戸惑うだけだろう。

（だから今、手を離す。……俺の気持ちがばれて、栞に軽蔑される前に）

離婚の話が持ち上がった途端、栞がこちらに肉体的な接触を図ってきた理由を、匠は考える。

匠は確かに彼女を愛しているが、その真意がわからないまま、栞の行動を受け入れる気にはなれなかった。

（ひょっとして、栞は……引け目を感じていたんだろうか。夫婦でありながら、今まで俺にそういう行為をさせなかったことを）

夫婦の負担の比重は、金銭的な面だけでいえば圧倒的に匠のほうに傾いている。

栞は莫大な資産を有しているものの、彼女の財産は婚前に保有していたものであることから、法的には夫の匠に一切権利はない。

そもそも匠は物欲が強くなく、栞がどれほど財産を持っていようと興味がなかった。

結婚後の生活にかかる費用は匠の収入だけですべて賄ってきたが、彼女にしてみればこちらにばかり負担をかけているように感じていたのかもしれない。

（馬鹿だな。そんなことで、身体を差し出そうとなんてしなくていいのに）

匠が見るかぎり、栞には男性とつきあった経験がない。

ならば義理や罪悪感で身体を差し出したりせず、本当に好きな相手が現れるまで大事にしておくべきだ。もしまんまと彼女の挑発に乗って手を出したりしたら、亡くなった櫂人に申し訳が立たない――そんなふうに考え、匠は苦く微笑んだ。

（……暇を見て、早めに離婚届をもらってこないとな）

今後もし栞が昨日のように迫ってきても、断固として拒否しよう。

匠はそう決意し、小さく息をついた。

＊＊＊

今日は午後から雨が降る予報だったが、夜になるまで天気は曇りを維持している。

午後七時、栞と冬子は街中にいた。冬子がアドバイザーとして当たりをつけた人物は誘いに応じ、とあるダイニングカフェを指定してきたらしい。

店内はゆったりしたソファ席が多く、若い女性やカップルでにぎわっていた。相手はまだ来ておらず、通された席に座った冬子がメニューを見ながら言う。

「彼が来るまで、先に何か飲み物でも頼んでおきましょうか。栞は何にする？」

「えっと……」

二人でメニューを覗《のぞ》き込み、あれこれ話し合う。そこでふいにテーブルに影が差し、

「お待たせ」という声が響いた。

栞が顔を上げると、そこには同年代の若い男が立っている。

「遅れてごめん。バスで来たから、ちょっと道が混んでた」

「あら、いいのよ、気にしなくて。どうぞ座って」

冬子が自分の隣の席を勧め、男が腰を下ろす。

彼は向かいの栞を見つめて、ニコッと人好きのする笑みを浮かべた。

「こんばんは」

「あ……こんばんは。今日は急にお呼び立てして、すみません」

「いいよ、どうせ暇だったしさ。あ、俺は楢崎《ならさき》一真《かずま》っていうんだ。歯学部の四年」

栞は慌てて「文学部三年の、仲沢栞です」と名乗る。

普段の栞は家事優先で、芸術学講座の飲み会くらいしか顔を出さない。そのせいか、こうして見慣れぬ人と学校以外で会うのは少し緊張してしまう。

しかしそんな栞とは対照的に、楢崎と名乗った青年はまったく気負いのない様子で

言った。

「仲沢さんは、冬子ちゃんと同じ専攻なの？」

「そうです。芸術学講座で、西洋美術史を学んでいて」

「へえ、そっか。すごいねー、何か知的な感じ」

楢崎はクシャッとしたくせ毛風の髪を無造作にスタイリングしていて、甘さのある顔立ちによく似合っていた。

服装はボーダーのTシャツとグレーのパーカー、デニムにデッキシューズとシンプルだが、片耳だけのピアスとリュックがいいアクセントになっている。

（……恰好いい人だな）

ひとつ年上だという彼は、いかにも女子受けしそうな優しげな雰囲気の持ち主で、背が高い。身長が一八〇センチある匠と、おそらく同じくらいだろう。話し方もフランクで、かなり恋愛慣れしているように見えた。

楢崎に「何かシェアして食べよう」と誘われ、海老とクリームチーズのコブサラダやタコス、ウニのパスタなどを注文した。

「で？　今日は俺に何の用なんだっけ」

楢崎がそう聞いてきて、栞は何と切り出そうか迷い、チラリと冬子を窺う。彼女はトルティーヤでひき肉や生野菜を挟みつつ言った。

「栞は男の人をその気にさせるにはどうしたらいいかって悩んでるんですって。何ていうか、今この子とパートナーは倦怠期《けんたいき》のようなものなんだけれど、男心がよくわかっていないせいか破局の危機なのよね」

「倦怠期ねえ。つきあってる期間は？」

「さ、三年です」

——倦怠期も何も、そもそも栞は匠と恋人同士ですらない。

しかしそう言えず、栞が歯切れ悪く答えると、楢崎はさらりと問いかけてきた。

「どのくらい相手とエッチしてないの？」

「えっ……？」

言われた言葉の内容を理解した瞬間、栞の頬がみるみる赤くなっていく。

それを見た彼が意外そうに目を丸くし、冬子がため息をついて言った。

「一真くん、この子はかなり初心《うぶ》だから、あまり深くは聞かないであげてくれる？」

「初心って、三年もつきあってて？　今どきこんな話題で赤くなるの、珍しいね」

「ご、ごめんなさい……」

栞はうつむいて謝る。

楢崎が「謝らなくていいよ」と言い、笑って栞を見た。

「何か新鮮だな。冬子ちゃんは遊び慣れてるのに、友達の仲沢さんは全然そんなことないんだね」

「あら、人聞きの悪い言い方はやめてくれる？　私は自分なりの基準で、限りある青春を謳歌《おうか》してるだけ。誰彼構わずつきあってるわけじゃないのよ」

「あー、そうだっけ？　ごめん」

冬子は匠と栞の関係をオブラートに包んだ言い方をしてくれたが、今日楢崎はわざわざ時間を作って来てくれたという。

そんな彼に嘘をついているのが申し訳なくなり、栞は正直に告げた。

「あの、実はパートナーっていうのは、夫のことなんです。わたしは十八のときに、十歳年上の人と結婚していて」

「えっ、マジで？　あーほんとだ、薬指に指輪してる」

楢崎は椅子に背を預け、「へえ」と感心したように栞を見た。

「十八で結婚するなんてチャレンジャーだなあ。つまり仲沢さんは今、旦那さんと離婚の危機を迎えてるってことでOK？」

「はい。でもわたしは別れたくなくて、どうにかして相手の気を引きたいって思ってるんですけど」

栞の真剣な顔を見た彼は、少し表情を改める。そして考え込みながら言った。

「仲沢さんがまだ十八歳の段階で結婚するってことは、旦那さん、かなりゾッコンな気がするけどね。まあ、一緒に暮らすといろいろ粗《あら》が見えちゃって、徐々に冷めるっていうのはありそうだけど。これは普通にカップルとしてつきあってても言えることだけど、とにかく相手に寛容であることが、上手くやる秘訣な気がするよ」

「相手に、寛容……？」

「うん。例えば喧嘩して相手にその原因があったとしても、いつまでもグチグチ言わないほうがいいってこと。そういうのって相手に対する心理的な圧力になっちゃうし、その後もつきあいを続けていくならマイナスにしかならないっていうかさ。もちろん、納得できないことがあったらとことん議論するのは必要だよ？　でもずっと喧嘩モードでピリピリしてるのって、お互いに疲れちゃうでしょ。言いたいことを言ったあとは引きずらず、ふわっとした包容力を見せれば、相手の棘《とげ》も自然と丸くなると思わない？」

楢崎の語り口は優しく、言われた内容が素直に栞の中に入ってくる。

（そっか……自分の思いどおりにならないからって、昨日のわたし、匠さんに「馬

鹿」なんて言っちゃったけど。……ああいう刺々しい態度は駄目ってことなんだ）

しょんぼりと肩を落とす栞を見つめ、彼が口の中のパスタを嚥下《えんげ》する。そしてニッコリ笑って言った。

「まあまあ、そんな落ち込まない。そこですかさずスキンシップを図るんだってば」

「スキンシップ？」

「喧嘩のことを蒸し返さないおおらかさを見せたあと、軽い接触で親密さを高めれば、男はコロッと機嫌直すよ。喧嘩の原因の度合いにもよるだろうけど、絶対に悪い気はしない」

「す、スキンシップって、例えばどんな？」

栞が前のめりになって問いかけるのを、冬子はサングリアを飲みながら眺めている。楢崎が答えた。

「うーん、手を繋いだり、隣に座って肩にもたれたりとか。あとはお風呂で背中流してあげたり、いろいろあるでしょ」

「お風呂……」

言われたことはどれもハードルが高く、栞は内心頭を抱える。

自宅にいるときに栞が匠の隣に密着して座ることはなく、外で手を繋いで歩いたこともない。お風呂で背中を流すなどもってのほかだ。

（そもそもわたし、匠さんの裸すら見たことないし……。考えてみれば、あの人の下着は洗ってるけど、実際に穿《は》いてる姿は知らないや）

つくづく自分たちは、世間一般の〝夫婦〟とはズレている。そう考え、栞は少し落ち込んでしまう。

とはいえ楢崎の話はわかりやすく、独り善《よ》がりで狭くなっていた視野を広げてくれる気がした。栞は笑い、彼にお礼を言った。

「あの、すっごく参考になりました。今日はお話を聞けてよかったです」

「そう？　別にたいしたことは言ってないけど、役に立てたならよかった。あ、トークアプリで繋がろうよ。メッセージくれれば返事する」

「ありがとうございます」

その後は冬子を交えてあれこれ楽しく雑談し、二時間後に店を出る頃には栞はすっかり楢崎に打ち解けていた。

「じゃあ、またね」と笑って言われ、栞と冬子は彼に手を振る。

人が多く行き交う往来を駅に向かって歩き出しながら、冬子が言った。

「どう、一真くんと話して、少しは為《ため》になった？」

「うん。楢崎さん、すごく話しやすくて楽しかった。いろいろ参考にもなったし」

「よかったわ。で、どうするの、ご主人のことは」

冬子の問いかけに、栞は足元にじっと視線を落とす。

――楢崎の話を聞くうち、栞は「彼の言うことを肝に銘じて真心を尽くせば、ひょっとしたら匠との関係を改善できるかもしれない」という希望が持てた。

幸い匠はこちらの心情を慮《おもんぱか》り、結論は急がなくていいと言ってくれている。ならばその猶予のうちに、何とか事態をいい方向に打開したいと栞は考えていた。

歩く足を止めないまま、栞は自分に言い聞かせるように言った。

「わたし……何とか頑張ってみる。もしかしたら匠さんはわたしのことを何とも思ってないかもしれないけど、少しでも好きになってもらえるように努力する」

――そう、努力あるのみだ。たとえ昨日のように拒絶されたとしても、自分自身が納得できるまで頑張りたい。

少し湿り気を帯びた風が吹き抜けていき、栞は暗い夜空を見上げる。明るい市街地のネオンに照らされた空には重い雲が立ち込め、星は見えなかった。

たとえ今はこうして暗く冴《さ》えない天気でも、いつかは晴れて朝がくる。匠との関係も、何とか明るい方向に持っていきたい――そう考え、栞は夜風に舞い上げられる髪を押さえて地下への階段を下りた。

＊　＊　＊

情報理工学実験Cは、情報理工学実験Bに続く科目だ。

コンピューターに対する基礎的な技術と概念、応用を経て、より高度で専門性の高い内容を実践するものとなっている。

水曜日の午後、匠は音声データ、デジタル情報処理の標本化と量子化、窓関数といったものの基礎知識についての授業を終え、研究室に戻った。そこでちょうど鉢合わせた須藤教授に、ニコニコと声をかけられる。

「お疲れ、仲沢くん。ちょっと僕と一緒にコーヒー飲まない？」

「飲まない？」という言い方は、すなわち「君が淹れて」ということだ。そしてこんな誘い方をするときの須藤は、大抵何かこちらに話がある。

匠は彼のあとから教授室に入り、「失礼します」とつぶやいた。須藤は前任の秘書が三月に退職して以来、新しい人を採用しておらず、教授室の中は無人だ。

ミニキッチンで二つのカップにドリップ式のコーヒーを淹れた匠は、「どうぞ」と彼に差し出す。カップを受け取った須藤が、のんびりと言った。

「仲沢くん、J大の青木《あおき》教授知ってるでしょ。ほら、宮城のシンポジウムで会った」

須藤と一緒に参加したシンポジウムのことは、よく覚えている。

青木教授は須藤と旧知の仲で、痩せぎすのジェントルな雰囲気の男性だった。匠は頷いて答えた。

「存じてますが、青木教授が何か？」

「青木くんの学科じゃないんだけど、J大の経済のほうで、後期の非常勤講師の空きが出るらしいよ。週一コマで、君やらない？」

匠は少し考え、須藤に問いかけた。

「内容は何ですか」

「線形代数学のⅡ、あとは多変数関数の微分だって」

匠は現在H大で助教をしているが、それと並行して市内のK大学の情報工学科で週一回、非常勤講師をしている。そこでの担当はベクトル解析と線形代数で、今回と同様に人から紹介されたものだ。

匠は頭の中で現在抱えている仕事量、そして一週間のタイムスケジュールを思い浮かべた。

（十月からか……だったら大丈夫かな）

匠は須藤に向き直って答えた。

「週一コマなら、喜んで。でもいいんですか？　他にも候補がいるんじゃ」

「うん。青木くん、あれ以来妙に君のこと気に入っててさ。公募に出す前に、わざわざこっちに話を持ってきてくれたんだって。じゃあ、ＯＫで返事していいね」

「はい。よろしくお願いします」

Ｈ大で受け持っているのは実験と演習だけのため、非常勤講師は半年間のカリキュラム構成や一時間半の講義内容を考えるいい勉強になっている。

講義で配る資料や試験問題の作成、採点が大変だが、自己裁量で内容を決められるのは面白い。

話のついでに「明日の講義で使うプリント、学生の分をコピーしておいて」と須藤に頼まれた匠は、廊下に出る。そしてコピー室に向かって歩き出しながら、ふと壁に貼られたポスターに目を留めた。

そこには二週間後に予定された、全学インターンシップのプレ研修の告知が貼ってあった。

（……栞は進路、どうするんだろう）

彼女は現在学部三年生で、忙しい学年だ。

翌年の就職活動を有利にするため、あえて三年生の時期に長期のインターンシップを始める学生は多い。

（彼女の場合は無理に就職しなくても、暮らしていくのにまったく困らないわけだしな。学芸員に興味があると言っていたから、院に進むのか）

学芸員は博物館や美術館で働く専門職で、競争率の高い狭き門だという。

最近は採用条件として、大学院の修士課程修了以上の学歴が求められることが多くなっているらしい。そのため、栞は以前「院に進むか、学芸員以外の就職先を模索するべきかで悩んでいる」と語っていた。

匠は彼女と学部は違えど大学教員で、進路に関するアドバイスができる。しかし離婚を切り出した状況の中、〝妻〟の将来を気にするのも何だかおかしな話だ。そう考え、匠はムッと顔をしかめた。

（いや、全然おかしくはないはずだ。たとえ離婚しても、俺は栞の力になるつもりでいる。彼女が他人になったあとの俺に、それを望むかはわからないけど）

一昨日のキスの一件があって以降、栞と顔を合わせるのに躊躇いがあった匠だが、昨日こちらを避けるそぶりだった彼女は、今朝は一転して普通に接してきた。

栞の中にどういった心境の変化があったのかわからず、匠は戸惑いと安堵、両方が入り混じった複雑な気持ちを味わっている。

（感情的になられたり、つんけんされるよりはいいんだろうけど。話をするって言った月末までには、結論を出してくれるのかな）

とりあえず匠としては、しばらくは慌てず騒がず、冷静なスタンスを維持する方針だ。

離婚したあとも、先に繋がるような穏やかな別れ方ができたらいいというのが、匠の目指す落としどころだった。たとえ他人になっても、どこかで栞と繋がりを持ち続けたい。そんなささやかな願いを抱いているが、彼女に拒まれればそれまでだ。

（……はたして、どっちだろうな）

小さくため息をついた匠は、一度目を伏せる。

そして踵を返し、無言で廊下を歩き出した。

雑務に追われる中で仕事の目途をつけ、その日匠が帰宅したのは、午後十時半だった。

外は小雨が降っていて、三和土《たたき》で濡れた折り畳み傘の雫《しずく》を落としていると、リビングのドアが開いて声が響く。

「おかえりなさい」

「ただいま」

玄関まで出てきた栞が手を差し出してきて、匠は彼女に傘を渡し、家の中に入る。栞があとからパタパタと追いかけてきて言った。

「お夕飯、今温めますから」

「ありがとう。ご飯は少なめにしてもらえるかな、時間も遅いし」

「はい」

さほど待たず、ダイニングのテーブルには牛肉豆腐の卵とじ、蒸しなすの薬味だれ、水菜と油揚げの煮浸しの他、野菜たっぷりのマカロニサラダになめこと葱《ねぎ》の味噌汁という、申し訳なくなるほどの品数が並ぶ。

手を洗ってダイニングの椅子に座った匠は、じっと食卓を見下ろした。そして「栞」と呼びかける。

「はい？」

「君も忙しいだろうし、これからは俺の食事の用意はしなくていいよ。ああ、掃除洗濯も、各自っていう形にして構わない。俺たちは今別れる話をしてる状況なのに、君にばかり妻の役割をさせるのはフェアじゃないだろ」

もっと早くにそう言うべきだったのに、つい栞の厚意に甘えてしまった。

そう考えながら匠が謝ると、彼女は首を横に振って答えた。

「いえ、いいんです。わたしにやらせてください」

「でも」

「今はまだ、わたしは匠さんの妻です。同じ家に住んでいるのに、そっぽを向き合ってるなんて、寂しいじゃないですか。それに匠さんが働いたお金で生活させていただいてるんですから、役割というならお互いさまですよ」

ニコッと笑った顔が可愛らしく、思わずドキリとした匠は、食卓に視線を落とすことでそれを誤魔化す。

いきなり服を脱いだ栞から迫られた記憶は、匠の中でまだ生々しい。彼女がどういった考えであんなことをしたのかを問い質したい気がしたが、何となく蒸し返しづらかった。

食事をする匠の向かいに座った栞が、食べる様子を眺めながら話しかけてくる。

「そういえば今日、北図書館に行くついでに、冬子ちゃんと工学部の学食でお昼を食べたんです。北部食堂は一年生が多くていつもすごく混んでますけど、工学部は静かで落ち着いた雰囲気なんですね」

「ああ、お昼のピーク三十分くらいは混んでるけどね。それ以外は大抵空いてて、ゆっくりできるよ」

広い大学構内には合計八カ所の学食があり、各学部棟の中に購買もある。

一番大きい北部食堂は全学部の一年生が学ぶ教養棟の隣のため、昼時には座れないくらいに混むのが常識だ。

栞は普段弁当を持参しているようだが、今日は作らなかったらしい。彼女が小さく言った。

「もしかして、匠さんの姿が見えないかなって――チラチラ探してたんですけど」

「…………」

匠は栞の言葉を意外に思いつつ、口の中のものを嚥下する。

そしてお茶のグラスに手を伸ばしながら答えた。

「今日の昼は、購買で買ったパンを食べながら仕事してたんだ。演習問題の作成が全然終わらなくて」

「あ、そうなんですか」

匠は何とも居心地の悪い気持ちで、食事を続ける。

栞の言い方は、まるで食堂でこちらの姿を見つけたくてたまらなかったかのようだ。大学内では自分たちが結婚している事実はオープンにしておらず、今まではごくたまに構内で互いの姿を見つけても、すぐに目をそらして素知らぬふりをするのが常だった。

それなのに今日の栞は、わざわざ匠の姿を探していたらしい。

(……どういうつもりなんだ)

以前ならともかく、今の匠と栞は離婚協議中だ。

ましてや昨日までこちらを避けるそぶりをしていたのに、まったく彼女の真意がわからない。

「ご馳走さま」

食べ終えた食器を重ねると、栞が向かいから手を出してそれを運び、台所に下げる。

匠は立ち上がりながら、「風呂に入ったあと、部屋で仕事をしようかな」と考えた。立った途端に慢性的に凝っている肩が痛みを訴え、無意識に手でさする。授業以外はパソコンに向かっていることが多く、肩凝りはほぼ職業病だ。

そのとき栞が、声を上げた。

「……っ、あの、匠さん！」

突然の大きな声に匠は驚き、彼女を振り返る。

「何？」

「えっと……匠さん、デスクワークが多くて、すごくお疲れですよね？　今も肩が痛そうにしてますし」

「ああ、まあ」

「わたしに揉ませてください！」

「――――」

匠は呆気《あっけ》に取られ、目の前の栞を見つめる。

これまで彼女がこんな申し出をしてきたことはなく、同じ家で暮らしながらも匠とは一定の距離を保ってきた。離婚を切り出した今、前より一層距離が開いて当たり前なのに、栞は突然見えない壁を乗り越えて接近してくる。

それが理解しがたく、戸惑いがこみ上げていた。

「……いや、いいかな」

しばしの沈黙のあと、匠はやんわりと断る。

すると栞が、明らかにショックを受けた顔で匠を見た。

「そ、……そうですか」

彼女があまりにもがっかりした顔をするのを見て、断った匠は罪悪感をおぼえる。

精一杯優しい言い方をしたつもりだが、栞を傷つけてしまっただろうか。

背後のリビングでは、テレビドラマのヒロインが甘ったるい口調でずっと喋り続けていた。しかし二人の間には、重い沈黙が満ちている。

やがて匠は小さく息をつき、栞に言った。

「気を使ってくれて、ありがとう。風呂に入ってくる」

「あっ、はい。どうぞごゆっくり」

＊＊＊

風呂に入るため、リビングを出ていく匠の後ろ姿を、栞はじっと見送る。

廊下の向こうで洗面所の引き戸が閉まる音を聞いた途端、深いため息が漏れた。

（……断られちゃった）

泣きたい思いがこみ上げ、胸がズキリと痛む。

前日に楢崎一真から男心に関するレクチャーを受けた栞は、匠との離婚を回避するべく努力しようとしていた。

悲愴《ひそうかん》感を漂わせるのをやめ、匠の前では常に笑顔でいようと決めて以降は、我ながら完璧な対応だったと思う。大学が終わって帰宅したあとは丁寧に料理を作り、疲れている彼のために香りのいい入浴剤を入れたお風呂を用意して、満を持しての「肩を揉ませてください」だった。

しかし結果は困ったような顔と拒絶の言葉で、栞の心は痛みでじくじくと疼く。

（やっぱり匠さんは、わたしと距離を置こうとしてる。……「家事をやらなくていい」なんて）

結婚して以来、この家での栞の存在意義は、ずっと家事だった。

匠の厚意で生活費を賄ってもらい、それに対して栞ができることといえば、彼のために心地よく家を整えることしかない。そう思い、常に家をきれいに保つよう気を配って、匠の食の好みもじっくり観察した。

栞の料理をいつも「美味《おい》しいよ」と言って何でもきれいに食べてくれる彼だが、実は茗荷《みょうが》とグリーンピースが苦手らしいことは微妙な表情の変化でわかっている。洋食より和食を好み、箸遣いがとてもきれいだ。

弁当は初めのうち作っていたものの、忙しくて食べそびれることが重なり、「申し訳ないから、昼はいいよ」と断られて以降は作っていない。肩揉み作戦が失敗した今、弁当作りを再開するべきかと栞は考える。

（「食べられない場合は残してきていい」って言ったら、逆に押しつけがましく思われちゃうかな。あと他に、何ができるだろう）

こんなふうに必死にならなければ、匠に近づけない。

先ほどの断り方はとても優しかったものの、それが余計に壁を感じさせ、栞は深く傷ついていた。

だが楢崎と話をして、そういった気持ちは表に出さないと決めたばかりだ。限りある時間の中でどうにか離婚を思い留まってもらうには、少しでも好きになってもらえるよう努力するしかない。

（頑張ろう。だって匠さんと……ずっと一緒にいたいんだもの）

第三章

それから一週間ほど、栞はあの手この手で匠に近づく努力をした。

朝晩の食事は日に日に品数が増え、彼と顔を合わせたときは常に笑顔で接するのを心掛けて、自分から一生懸命話題を振った。

匠はそんな栞の態度を訝《いぶか》しく感じているように見えたものの、邪険にしたりはしない。食事は毎回完食し、話しかければちゃんと丁寧に答えてくれる。

（……でも、それだけなんだよね）

芝生広場の小川を臨むベンチでお弁当を食べ終えた栞は、眩しい日差しが降り注ぐ中、ため息をつく。

七月も既に半ば近くとなり、最近は晴れた日が続いていて、徐々に気温が高くなりつつあった。空は真っ青に晴れ渡り、遠くに白い雲がほんのわずか浮かんでいるのが見える。

今日の予想最高気温は二十九度と、夏を思わせる陽気だ。湿度があるのかわりと蒸し暑く、座っているだけでじんわり身体が汗ばんできていた。

大学構内は一般開放されているため、学生以外に市民や観光客の姿も多く見られる。彼らは緑豊かな風景をカメラで撮影したり、敷物を広げてお弁当を食べたりしていて、のどかな光景が広がっていた。

ぼんやりしていた栞は、ふいに横から声をかけられる。

「あれっ、仲沢さんじゃん。一人？」

「……楢崎さん」

視線を向けると、そこにいたのは楢崎一真だった。

今日の彼は生成り色の緩いシルエットのTシャツにネイビーのパンツ、黒のリュックと、適度に抜け感のあるおしゃれな服装をしている。片耳だけのシルバーのピアスが、陽光にキラリと光っていた。

楢崎は栞を見つめ、人懐こい顔で笑った。

「街のほうから歩いてきて、正門から構内に入ってきたんだ。何か見たことある子だなーって思ったら仲沢さんで、びっくりした」

普段の彼は歯学部の棟に最も近い、北十三条《きたじゅうさんじょう》門ばかりを使っているという。栞が「こんにちは」と言うと、彼はニッコリ笑ってベンチを指差した。

「隣、座っていい？」

「えっと……」

「ちょっとー、軽々しくナンパするのはやめてくれる？　その子は一応、人妻なのよ」

　突然そんな声が響き、楢崎がびっくりした顔で振り返る。

　化粧室に行きがてら、購買で二人分のアイスを買ってきた冬子が立っていて、それを見た楢崎が笑った。

「何だ、一人じゃなかったんだな。ナンパに失敗して残念」

「どうしたの？　一真くんがこんなところを歩いてるなんて、珍しいのね」

「そう？　文学部のところの付属図書館はたまに利用してるから、まったく来ないわけじゃないよ」

　二人の会話を聞きながら、栞は冬子に手渡された棒付きアイスの袋を開ける。楢崎がTシャツの胸元をバタバタ扇《あお》ぎながら言った。

「しっかし今日は暑いねー。俺もアイス食いたいなあ」

「お生憎《あいにく》さま。私たちの分しかありません」

「一口ちょーだい」

　楢崎はおもむろに栞の手をつかみ、持っていたみかんバーにかぶりつく。

呆気に取られる栞の目の前で、彼は悠然と咀嚼《そしゃく》し、口の端をペロリと舐《な》めた。

「ん、美味《うま》いね、これ」

「あ、はい……」

栞がこんなふうに人と食べ物をシェアした経験は、同性の友人か兄の櫂人しかない。フランクすぎるノリに驚きつつモソモソとアイスを食べ始めると、楢崎が問いかけてきた。

「ところで、どうなの、その後。旦那さんと何か進展した？」

「……してないです」

言葉にするとなおさら現状を思い知らされて、栞は落ち込む。

楢崎のアドバイスを胸に一週間努力してみたものの、匠との関係は当初とまったく変わっていない。むしろこちらの勢いに若干引かれている感もあって、栞はどうにも攻めあぐねている状況だった。

楢崎が言った。

「聞いてるかぎり、旦那さんって結構意思が強そうだよね。十歳年上って言ってたけど、何やってる人なの？」

「……研究者です。教職もやってます」

匠は栞と同じ大学の工学部で、情報理工学の助教をしている。

メディア信号処理研究室に所属しているというが、栞には馴染みのない分野で、正直よくわからない。以前聞いたところによると、高密度情報記録の信号処理技術や、情報通信に役立つ最適化アルゴリズムの研究をしているらしい。

(頭がいいんだよね……)

匠はH大の大学院を卒業後に二年間ポスドクをする傍《かたわ》ら、他の大学で非常勤講師をこなし、三年前からH大の助教となって今に至る。

仕事はとにかく忙しく、土日も関係なく大学に行ったり、国内外の学会に出掛けたりと、体調が心配になるほどだ。

「研究者で教職って、もしかして大学の先生とか?」

「えっと……そんな感じ、かも」

モゴモゴと歯切れ悪く答える栞に、楢崎はそれ以上は突っ込まず、「ふーん」と押し黙る。そして自分の考えを述べた。

「仲沢さんがアプローチしてもそれほど態度が変わらないんだったら、旦那さんの意思は固いのかもしれないね。離婚するっていう」

匠の離婚の意思は、思いのほか固いのかもしれない——そんな楢崎の言葉を聞いた栞は、悄然《しょうぜん》と肩を落とす。

そしてポツリと言った。

「……やっぱりそうでしょうか」

この一週間、栞なりに努力をしていることは、匠も気づいているはずだ。

しかし彼はどこか戸惑っているような表情を見せ、一定の距離を超えようとすればやんわりと拒否してきた。

「旦那さんの、一体どこが好きなの？」

楢崎がそんなふうに問いかけてきて、栞は頭の中で匠の顔を思い浮かべ、言葉を選びながら答える。

「あの人——匠さんは、とにかく穏やかな人なんです。声を荒らげたことは一度もないですし、わたしへの態度も優しくて、言葉の端々で思慮深い人なんだなあって感じます。一緒にいるときは特に会話をしなくても、彼の醸し出す雰囲気にすごくホッとできるんです」

毎日多忙であるにもかかわらず、家での匠は苛立ちや追い詰められた様子を見せることはなく、いつも穏やかだ。

顔立ちはすっきりと端整で、本を読むときやパソコンに向かうときにだけ掛ける眼鏡が、知的さを引き立てている。癖のない髪は鬱陶《うっとう》しくない程度の長さで目元に掛かり、凪《な》いだ海のような雰囲気の瞳が印象的だった。

細身でありながら、大人の男らしいしっかりした骨格の身体は均整がとれていて、シャツの衿元から覗く鎖骨や首筋に清潔な色気がある。もし独身なら、きっとあちこちから引く手あまたに違いない。

栞の言葉を聞いた楢崎は、呆れたように笑った。

「そんな顔をするってことは、本当に旦那さんが好きなんだね」

「……はい」

匠に対する仄かな恋心を自覚したのは、高校二年生くらいのときだったと思う。

栞の兄の櫂人は活発でユーモアのある人物だったが、匠は知的な優等生で、タイプがまるで違う二人は中学二年で同じクラスになった途端、なぜか意気投合したらしい。

成人して以降も、櫂人に誘われてときおり自宅に遊びに来た匠は、栞にとってかなり大人に見えていた。

落ち着いた話し方に胸がときめき、彼に会う機会を密かに心待ちにしていたものの、当時の栞は十歳の歳の差をかなり大きいものだと感じていた。

匠への気持ちは恋愛感情というより憧れに近いものがあり、具体的にどうなろうと考えていたわけではない。それに変化があったのは、櫂人が亡くなったときだ。病院に駆けつけた彼は、ショックで呆然としたままの栞に寄り添い、葬儀の手配をサポートした。その後、四十九日に訪れた匠は親族に粘着されて憔悴《しょうすい》した栞を目の当たりにし、度を超えた付き纏《まと》いへの被害届を出すことを提案して、警察に同行してくれた。

さらに親族の迷惑行為を抑止するため、弁護士に相談したりと、いろいろと手を尽してくれた。

そんな彼への信頼は増し、栞は傍にいてくれることに言葉にできないほどの安堵をおぼえた。だからこそ、匠が提案した〝偽装結婚〟を素直に受け入れた。きっかけはどうあれ、彼と幸せな家庭を築きたいと決意してのことだ。

だが三年経った今、匠との関係は進展せず、こうして離婚を切り出されている。

(もし匠さんに、他に好きな人がいるなら……わたしはその邪魔をしてるってことなんだよね)

顔も知らぬ相手の姿を想像し、栞の胸がズキリと痛む。

この一週間、積極的にアピールしてみたものの、匠の態度は変わらなかった。それは彼の関心がこちらに向いていないからだと考えれば、説明がつく気がする。

（でも……）

――どうしても、諦められない。偽装という前提ながら三年間積み上げてきた匠との生活を、失いたくない。

むしろ今までより近い関係になりたいと、強く思っている。栞は顔を上げ、楢崎に言った。

「わたし――諦めません。考えてみたらこの一週間のアピールは、どこか手ぬるかった気がします。もっとわたしの気持ちをわかってもらえるような、それでいて匠さんがぐっとくるような、すごいアプローチをするべきですよね？」

「あー、うん。ところで仲沢さん、そのアイス……」

「えっ？　あっ……！」

動いた拍子に残りわずかなアイスが溶けてボトリと地面に落ち、栞は呆然とする。

冬子が「あら」とつぶやき、楢崎が爆笑して言った。

「話に夢中になりすぎでしょ。アピールが手ぬるいとか、仲沢さんは初心で純真かと思いきや、斜めな方向に一生懸命で面白いね。まあ、応援してるから頑張ってよ」

「……はい」

五限目は美学研究会の授業で、それに参加した栞は終わったあとに図書館で少し調べものをする。

そして午後七時頃、大学を出た。

（あ、夕焼けきれい……）

今日は一日を通してよく晴れ、結局気温は三十度を超えたらしい。

昼間より格段に涼しくなった風が吹き抜け、日が落ちたばかりの澄んだ空は透けるような水色とピンク、オレンジの美しいグラデーションになっていた。

それを眺めつつ歩いた栞は、スーパーで買い物をして帰宅する。家の中には昼間の熱気がこもっており、窓を開けて換気したあと、夕食の支度に取りかかった。

茹《ゆ》でて潰したじゃがいもの上に炒めた玉ねぎとベーコンを散らし、フライパンで作ったホワイトソースとチーズを載せてグラタンにする。

それをオーブンで焼いているあいだ、刺身パックのホタテとサーモンにベビーリーフとミニトマトを合わせ、カルパッチョを作った。

あとは塩豚とキャベツ、人参を煮込んだスープ仕立てのポトフで、夕食は完成だ。

匠は帰る時間がまちまちなため、栞は先に一人で食事を済ませる。台所を片づけ、自室に行ってレポートを書こうかと思った瞬間、玄関の鍵が開く音がして匠が帰ってきたのがわかった。

栞は廊下に出て、彼に声をかけた。

「おかえりなさい」

「ああ、ただいま」

時刻は午後九時で、いつもより比較的早いほうだ。栞は笑顔で言った。

「今日はお帰り、早いんですね」

「うちの教授《せんせい》がいなかったし、たまにはね。今日は暑いから、残っていたメンバーも早く帰ってビールが飲みたかったみたいだ」

今日の匠はグレーのサマーニットの下から白のインナーをチラリと見せ、黒の細身のパンツを合わせた服装が爽やかでおしゃれだ。

靴を脱ぐ彼の男らしく筋張った腕がふと目に入り、慌てて視線をそらした栞はキッチンに向かう。

グラタンとポトフを温め直してカルパッチョと一緒にテーブルに並べ、スライスしたバゲットを添えた。手を洗って席に着いた匠が、少し困った顔をして笑う。

「今日も豪勢だな。こんなに頑張らなくていいのに」

「品数が多すぎるって言われたので、今日は少し減らしてみたんです。ご飯じゃなくパンにして、軽くしたつもりなんですけど……」

「うん、美味そうだ。いただきます」

今の発言は、押しつけがましく聞こえてしまっただろうか。

彼の向かいの席に座った栞はそう考え、手の中のお茶のグラスをそっと握りしめる。

人の気持ちは目に見えないため、自分の行動の加減が難しい。

（匠さんの気持ちにメモリがついてて、目に見えればいいのにな……）

そうすればきっと、こちらへの好意の度合いもよくわかる気がする。そんなことを考えていると、匠が話しかけてきた。

「そういえば前期の合同発表、もうすぐじゃなかったっけ。準備はできた？」

「あっ、はい。あと五日なんですけど、発表用の原稿がなかなか思うように書けなくて……。わかりやすい文章を書くのって、すごく難しいですね」

栞の発表は、〝セビーリャ派の明暗対比と、絵画技法についての考察〟というテーマで行う予定でいる。

パワーポイントを使い、大勢の前で話すのを考えると今から緊張するが、それでも事前準備はだいぶ大詰めになっていた。匠が笑って言った。

「初めての参加だと、緊張するだろ。俺もそうだったたし」

「匠さんがですか？」

「そりゃそうだよ。初めから大勢の前で話すことに慣れてたわけじゃない」

今の匠は授業などで日常的に大勢の前で話しているが、そんな彼にも人前で緊張していた時期があったらしい。

何となく、匠には最初から大人で何でもそつなくこなすイメージを持っていた栞だったが、彼の学生時代を想像するだけで親近感が湧く気がした。

（でもその頃もきっと、匠さんはわたしとは比べ物にならないくらいに優秀だったんだろうな……）

栞は手元に視線を落として言った。

「実は……発表で使うOSが普段使っているものとは別で、戸惑っていたんです。パワーポイントの仕様が全然違っていて」

「ああ、そうかもね」

元々パソコンの操作自体が得意ではなかったが、OSが違うとますますわかりづらく、昨日初めて触った栞はパニックになっていた。

スライドの動かし方や図の拡大、スクロールの仕方がわからず、今はようやくできるようになったものの、本番でよどみなく操作するのに一抹《いちまつ》の不安がある。

栞がそう言うと、匠はカルパッチョを口に運びながら答えた。

「今の大学生って、スマホばかり触っててパソコンは苦手だって子がすごく多いんだ。もっと早く言ってくれれば、いろいろ教えてあげたのに」

「えっ？」

「一応俺は、そっちの先生だからね。担当してる情報理工学実験のカリキュラムに、パワポも入ってる」

「——……」

匠が担当する授業ではパソコンの基本操作やタイピングから始まり、C言語や画像処理応用などを経て、その後はより難解で高度なことを教えているらしい。

（そっか。匠さん、コンピューターの専門家だっけ）

すっかり失念していた上、忙しい彼に何かを頼むなど、栞の中で選択肢として入っていなかった。

とはいえ、言えば匠に教えてもらえたのだと思うと、チャンスを逃した自分に残念な気持ちがこみ上げる。

（ああ、上手くいかないな……）

彼に近づくせっかくの機会がなくなってしまったことに、栞はモヤモヤする。

しかし今日楢崎と話し、もっと攻め気でいくと決意したばかりだ。食事が終わったあと、匠はリビングのソファに座って新聞を読み始めた。台所を片づけ終えた栞は、勇気を出して彼の傍まで行く。

「……栞？」

ソファに座った匠が、不思議そうにこちらを見上げてくる。

栞は思いきって、彼の隣に腰掛けた。

「……っ」

匠が面食らった顔をし、少し横にずれる。

栞はそれを追いかけて動き、身体の右側を彼にぴったり密着させた。

「…………」

匠がしばし沈黙する。

やがて彼は、困惑をにじませながら口を開いた。

「……栞、何でこんなにくっついて」

「駄目ですか？」

「駄目って」

「くっつきたいから、くっついてるんです。匠さんはどうぞ新聞を読んでてください」

二人の間に、沈黙が満ちる。

密着して座りつつ、栞は心臓がドキドキしていた。互いに半袖のせいで、腕の部分が直《じか》に触れ合っている。その素肌の感触、身体の右側に感じる匠の体温を、痛いほど意識していた。

以前楢崎が挙げた〝スキンシップ〟の項目の中に、隣に座ることや肩にもたれることが入っていた。しかしくっつくだけでこんなにも緊張するのに、肩にもたれたりしたら心臓が破裂しそうだ。

そんなことを考える栞の隣で、匠が深くため息をつく。思わずビクッとした栞の隣で、彼は新聞を畳んでラックにしまうと立ち上がり、こちらを見ずに言った。

「――風呂に入ってくる」

匠がリビングを出ていき、ドアが閉まる。

一人ソファに取り残された栞は、膝の上でぎゅっと拳を握りしめた。

(このくらい想定内だし、めげない。……もっとすごいアプローチをするって決めたんだもの)

五分ほど経った頃、栞は立ち上がる。

洗面所へ行き、その引き戸を開けた。曇り仕様の折り畳み戸の向こうではシャワーの水音がしていて、匠が入浴中なのがわかる。

栞は彼に向かって声をかけた。

「匠さん」

一瞬の沈黙のあと、匠が「……何？」と返事をする。

洗面所の中は浴室の湿気が漏れて、仄かに暖かかった。栞はドクドクと早鐘のごとく鳴る胸の鼓動を持て余しつつ、水音に負けない声で言った。

「あの──わたしに、匠さんの背中を流させてくれませんか」

脱衣所には、浴室から漏れるザーザーというシャワーの音が響いている。

浴室の中にいる匠は何も答えず、彼が驚きに絶句しているのがわかった。待っていてもどうせ断り文句しか出てこないと思った栞は、着衣のまま思いきって折り畳み戸を開ける。

「失礼します……！」

「えっ、ちょっ」

浴室の中、こちらに背を向ける形でプラスチックの椅子に座っていた匠が、ぎょっとしてこちらを振り仰ぐ。

入浴中の彼は、当然ながら全裸だ。ちょうど手に持ったシャワーヘッドで頭を濡らしていたところらしく、その髪からはポタポタと雫が落ちていた。

濡れ髪の匠は普段と違う印象で、それを見た栞はドキリとする。

(わ、匠さん、いつもと感じが違う……)

一気に頭に血が上り、頬がみるみる紅潮するのがわかったが、ここまできてはもう引き下がれない。

後ろ手に浴室の扉を閉めた栞は、匠の背中越しに壁際の棚に手を伸ばした。そしてスポンジを手に取り、ボディーソープを数回プッシュして、匠の背中をゴシゴシと擦り始める。

彼は肩幅がしっかりしていて、上腕や背中全体にしなやかな筋肉がついていた。無駄なく引き締まっている身体の線には成熟した大人の色気があり、思いのほか男っぽい様子を目の当たりにした栞は、つい見惚《みほ》れてしまう。

(すごい、匠さんの身体って、こんなふうなんだ……)

兄の半裸は何度も見たことがあるのに、匠から受ける印象は全然違う。

こんなふうにドキドキするのは栞が彼を〝男〟として意識しているからだが、そんな自分が淫《みだ》らに思え、ひどく落ち着かない気持ちになった。

一方の匠は、驚きのあまり声も出ないらしい。彫像のように固まったままの彼の手から、栞はシャワーヘッドを取り上げる。そして丁寧に泡を流した。

「――……」

濡れた広い背中があらわになり、栞の胸の奥がきゅうっとする。

自分を見ようとしない匠に対し、にわかに悔しさに似た思いがこみ上げていた。一緒に三年も暮らし、こんなにも近くにいるのに、彼の気持ちは遠い。夫婦という関係でありながら栞は匠のパーソナルな部分にまったく触れられず、これまでの平穏な生活ごと自分の手からすり抜けていこうとしている。

そう思うとたまらなくなり、栞は唇を噛んだ。もうもうと湯気が立ち込める浴室の中、シャワーヘッドが手から滑り落ち、ゴトンと重い音が響く。

蛇のようにくねったヘッド部分が、辺りにお湯を撒き散《まち》らした。栞は腕を伸ばし、濡れた浴室の床に膝をついて、匠の背中に強く抱きついていた。

「……っ」

腕の中の匠の身体が、ビクリとこわばる。

胸に腕を回してぎゅっと力を込めると、その硬さとしっかりとした骨格がつぶさにわかった。

栞は濡れた匠の背中に、頬を擦りつける。しばらくそうして体温を感じたあと、顔を上げ、その肌に唇で触れた。

「匠さん、わたし……」

好きです――と口にしようとした。

自分の気持ちを伝え、その上で「離婚はしたくない、これからちゃんとした〝妻〟として見てほしい」と言おうとした。

しかしその瞬間、匠が栞の手をつかんでくる。ドキリとして息をのむと、彼は低く押し殺した声で言った。

「――こういうのは、困るよ」

匠の力は強く、わずかに痛みをおぼえるほどだった。

彼は前を向いたままで表情が見えず、何を考えているのかはわからない。だがその声音からは断固とした拒絶の意思が感じられ、手を離された栞はそろそろと立ち上がって匠を見下ろした。

「……ごめんなさい」

一気にいたたまれなさが募り、小さく謝罪した栞は、逃げるように浴室を出る。

服も手足も、何もかもがビショビショに濡れていたが、拭いている余裕がなかった。

洗面所から出た栞は、廊下を挟んで斜め向かいにある自室に飛び込み、勢いよくドアを閉める。そして気持ちを抑えきれず、ぎゅっと顔を歪めた。

「……っ……」

立っていられなくなり、ドアにもたれたままズルズルとその場にしゃがみ込む。

顔から火が出る思いだった。突然の衝動に突き動かされて匠に触れてしまったものの、彼の声音はそんな栞に冷や水を浴びせるほど冷静で、自分のはしたなさを思い知らされた気がした。

(わたしの馬鹿。どうしてあんなことしちゃったの……？)

先ほどのこちらの行動を、匠は一体どう思っただろう。

考えると身の置き所のない気持ちになり、栞は火照った頬を押さえる。

(いきなり触るなんて、いやらしい子だって思われたかな。でもどうしても触れたくて、仕方がなかったんだもん……)

先ほど見た彼の広い背中、触れたときのしっかりした感触がよみがえり、いつまでも消えてくれない。

ドア越しに、浴室のシャワー音がかすかに聞こえてきていた。栞はしばらく動けないまま、その場にうずくまり続けた。

＊＊＊

床に落ちたシャワーヘッドが、天井を向いたままザーザーとお湯を噴き上げている。

湯気の立ち込める浴室の中、プラスチック製の椅子に座ったままそれを拾い上げた匠は、ひどく動揺しつつ片手で口元を覆った。

（……一体何なんだ、あれは）

ここ最近の栞の行動には、驚かされっ放しだ。

突然キスをして服を脱ぎかけた日の翌日は匠を避ける行動をしていた彼女だったが、それ以降はせっせとこちらの世話を焼き、その懸命さは困惑するほどだった。

おそらくは離婚を回避するための、栞なりの努力なのだろう。いつも笑顔を絶やさず、家事を完璧にこなす姿はいじらしくて、匠は彼女の行動をきっぱり拒絶することができなかった。

さすがに食べきれないほどの品数を食事に出されるに至った昨日は、「少し品数を減らしてくれると助かる」と申し入れたが、それでも栞は今日も充分すぎるほどの夕食を作ってくれた。

しかし食事のあと、彼女は何を思ったのかソファで身体を密着させてきた。精一杯何食わぬ顔でそれを回避したのも束の間、今度は風呂場に乱入してきて匠を驚かせ、今に至る。

目の前で曇っている鏡を手のひらで拭うと、みっともないほど赤くなった自分の顔があった。それを見た匠は、小さくため息をついた。

（……こんな顔、見られてなかったらいいけど）

いくら三十路《みそじ》の男とはいえ、匠にも羞恥心はある。

思いがけないタイミングで全裸でいる状況の中に入ってこられ、実は心臓がバクバクしていた。栞が動くたびにいつ正面から無防備な姿を見られるかとヒヤリとし、身動きできずに固まっているうちに、まんまと背中を洗われてしまった。

しまいには後ろから抱きつかれてしまい、そこでようやく彼女を追い出せたのだから、情けないことこの上ない。

（明日からは、浴室の扉に鍵をかけないと。まさか今月の末まで、こんな状態が続くのか？）

最初に「七月の末まで待つ」と言った以上、匠は話し合いを前倒しにするのはフェアではないと思っている。

しかし最近の栞の行動を見ていると、彼女の思考は離婚とは真逆の方向にいっているようだ。

（栞の将来を考えれば、離婚が最善のはずだ。俺のスタンスには、依然として変わりはない。――それなのに）

あんな行動を取られ続ければ、こちらの理性が崩壊しかねない。そう考え、匠はかすかに顔を歪める。

いくら栞が夫婦という形にこだわっても、義務感で一緒にいるのなら、その関係は既に破綻《はたん》している。気持ちが伴わない状況で身体を差し出されるのは、まったく本意ではなかった。

（……こんなふうに考える俺は、贅沢《ぜいたく》なのかな）

身体だけ手に入れて満足できる男なら、いっそ幸せだったのだろうか。

そう考え、苦く笑った匠は手に持ったシャワーで頭からお湯をかぶる。そして滝のように降り注ぐ湯の中で目を閉じ、胸にこみ上げたやるせなさをじっと押し殺した。

第四章

相変わらず外は晴れて蒸し暑い午後十二時、建物内はそれでも若干涼しい。

その日、楢崎から「よかったらお昼、一緒に食べようよ」というメッセージを受け取った栞は、大学構内のベンチで彼と待ち合わせをした。

待っているあいだ、合同発表に使う原稿のチェックをする。

(うーん、どうしよう。やっぱりここは、もう少し簡潔な言い回しのほうが……)

「おっ、何か大変そうなことしてる。もしかして忙しかった？」

やってきた楢崎が、そう言って栞の手元を覗き込んでくる。栞は顔を上げて答えた。

「前期の合同発表が、四日後にあって……楢崎さんのところって、そういうのないですか？」

「んー、定期試験は来週の水曜からだけどね。あと俺は四年だから、五年生の臨床実習に上がるための試験は一月と二月にある」

歯学部は五年生になると一気に実習が忙しくなり、アルバイトはせいぜい四年生までしかできないらしい。

栞が原稿をバッグにしまうと、楢崎は「どこでご飯食べようか」と問いかけてきた。

「あ、わたしはお弁当があるので」

「じゃあ俺は、何か買ってこようかな」

購買でお昼を買った彼が戻ってきて、二人で外の日陰のベンチに行く。

楢崎がカフェオレにストローを挿しながら言った。

「昨日、『旦那さんがぐっとくるような、すごいアプローチをする』って言ってたの、どうなったか気になってさ。仲沢さん、結構無鉄砲なところがありそうだし」

的を射た楢崎の言葉に内心ドキリとした栞は、深く落ち込みつつ答える。

「わたしなりに、頑張ったつもりなんですけど……怒られちゃいました」

思い返すたび、ため息しか出ない。

これまで栞から匠に仕掛けたアプローチは、見事に全戦全敗だった。こちらの決死の覚悟とは裏腹に、彼は最初こそ動揺を見せても大人の余裕でさらりとかわし、毎回身の置き所のない気持ちを味わっている。

栞は目を伏せて言った。

「自分なりに精一杯頑張ってるのに、いつも匠さんはガードが堅くて、失敗するたびに落ち込んじゃいます。わたしってそんなに魅力がないんでしょうか」

すっかり自信を喪失した栞は、楢崎にそう問いかける。彼はサンドイッチのパッケージを破りながら答えた。

「んー、仲沢さんは女子として魅力があると思うけどね。ふわっとした雰囲気も、華奢な感じも女の子らしいし、冬子ちゃんと二人でいると結構目を引くよ。お人形さんみたいな子たちが並んで歩いてるなーって」

さらりと容姿を褒められ、栞はどう反応していいか困る。楢崎が「それに」と付け足した。

「控えめでおとなしいのかなーと思わせておいて、いきなりはっちゃけた発言をしたりするところもね。意外性があって、可愛いと思う」

「そ、そうでしょうか……」

確かに匠に離婚を切り出されて以降、我ながら大胆な行動をしていると栞は思う。

しかしそれはひとえに、彼と別れたくないがゆえだ。とにかく期限を切られた今月末までに、匠の気持ちを自分に向けたい。

栞は隣の楢崎に向き直り、ぐっと身を乗り出した。

「わたし、絶対に諦める気はないんです。昨日はお風呂で背中を流して、ついでに抱きついたりしたんですけど、『こういうのは困る』って怒られちゃいました。考えてみると匠さんは裸でしたし、確かにいきなり入られるのは嫌だったかなって反省してて。あと他に、何かいい方法はありませんか？」

楢崎は栞の勢いに若干引いた顔をしながら、「えっと」と言った。

「そうだなあ。背中を流して抱きついたら怒られるなんて、旦那さんの態度は相当硬いってことだよね。何かそうなる原因とかに、思い当たることはないの？　派手な喧嘩をしたとかさ」

「いえ、ないです。強いていえば、三年一緒にいて冷めたっていう感じなのかも」

事実とは違うが、当たらずとも遠からずだ。

実際の自分たちの関係は喧嘩すらできない、他人行儀なものだった。そんな栞の説明を聞いた彼は、難しい顔をして考え込んだ。

「そこまで態度を硬化させているのをひっくり返すには、あんまり無茶な行動をすると逆効果かもしれない。かえってウザがられるかもしれないしね。うーん、どうしたらいいか」

真剣に悩んでくれる様子を少し意外な気持ちで見つめ、栞は内心「いい人だな」と思う。

（まだ知り合って間もないのに、こんなにも親身になってくれるなんて。楢崎さんは誰かとおつきあいしたら、きっと相手と波風立てずに上手くやっていけるんだろうな……)

そんなふうに考えている栞の前で、楢崎はふと顔を上げた。

「──そうだ。酒とか飲ませてみるのはどうだろ」

「えっ？」

「泥酔するまで飲ませるんじゃなく、あくまでも軽く酩酊《めいてい》する程度にね。そこですかさず押し倒しちゃえばいいいんだよ」

楢崎いわく、酒が回れば同時に気持ちも緩み、こちらに対する頑なな態度も軟化するかもしれないという。

栞は目から鱗《うろこ》が落ちた思いで彼を見つめた。

「なるほど。いいかもしれないですね……！」

「でしょ？　一発ヤっちゃえば、仲沢さんに対する愛情とかがよみがえってくるかもしれないいし。試す価値はあるよ」

「が、頑張ります……！」

＊　＊　＊

週末に神戸で開かれる研究会に参加する予定の匠は、ここ最近その準備で忙しくしている。

明日は朝のフライトで神戸《こうべ》に飛び、午後から研究会の予定だ。二日間の日程を終えたあと、明後日《あさって》の夜にこちらに戻ることになっている。

しかし大学にいれば学生の指導や諸々の雑務をこなさなくてはならず、バタバタしているうちに夜の八時になっていた。時計を見た匠は帰り支度をし、学生部屋にいたメンバーに声をかける。

「すみません、今日はお先に失礼します」

「おー、仲沢くん、明日から神戸だっけ？　頑張ってね」

中にいた准教授の塚田にそう言われ、匠は頭を下げてエレベーターに向かう。今日は早めに自宅に戻り、明日の出張の準備をしようと考えていた。

（来週の授業の問題も作らなきゃいけないんだっけ。時間あるかな……）

いろいろと思案をしながら徒歩十分の距離を歩き、帰宅する。

さっさと夕食を済ませて荷造りと仕事をしようと考えていた匠だったが、リビングで出迎えた栞が意外な誘いをかけてきた。

「……酒？」

「はい。あの、たまにはいいかなーって思って。いろいろおつまみを作ったんですけど」

思いがけない栞の言葉に、匠は戸惑いをおぼえる。

元々匠は、酒が得意ではない。つきあいで飲む機会はそれなりにあり、体質的にまったく受けつけないわけではないものの、あまり強いとはいえず、自宅に酒の類は一切置いていなかった。栞と一緒に飲んだことは、これまで一度もない。

「あー、ええと……俺は明日から、出張なんだ。その準備をしなきゃならないし、他にも仕事があって」

匠は角を立てない言い方で、やんわりと断ろうとする。

しかしそれを聞いた彼女が、縋《すが》るような目つきで食い下がってきた。

「どうしても駄目ですか？　せっかく準備したんです。軽くでいいですから」

チラリと視線を向けたダイニングテーブルには、既に食器が用意されている。

根負けした匠は、ため息をついて答えた。

「……わかった。じゃあ、本当にちょっとだけ」

「ありがとうございます！　今用意しますね」

パッと笑顔になった栞が、いそいそとキッチンに向かう。

やがてテーブルの上には、酒に合いそうな料理が複数並んだ。メインは蒸籠《せいろ》を使った蒸し野菜で、蕪《かぶ》、オクラ、ズッキーニやミニトマトの他、さつまいもや大きな焼売《しゅうまい》が彩りよく並べられ、さっぱりした中華風とごまだれの二種類のたれが添えられている。

他に焼き豚やたけのこ、干《ほ》し椎茸《しいたけ》が入った中華風おこわ、セロリの塩昆布和え、ズッキーニとカリフラワーのフリット、牛肉のたたきにクレソンとパルミジャーノレッジャーノを散らしたサラダ仕立てのものなど、思いのほか多彩なメニューが並び、匠は若干引きながら言う。

「すごい。……頑張ったね」

「はい！」

いつのまに買ったのか、冷酒が入った徳利《とっくり》を手にした栞が席に着き、匠に酒を勧めてきた。

「どうぞ」

「ああ、うん」

お猪口《ちょこ》に注がれながら、匠は「日本酒ならたいした酒量にならないだろう」と考えていた。栞もそこまでは飲まないと考えられ、明日に差し支《つか》えない程度に留めて切り上げればいい。

彼女が手にした盃から一口酒を飲み、ホッと息をつく。そして匠に話しかけてきた。

「明日の出張、確か神戸ですよね。研究会は何時からなんですか?」

「午後一時。夕方五時半に終わったあとは懇親会があって、翌日またいろんな人が研究発表をするんだ。午後二時半に閉会して夕方の飛行機に乗るから、帰りは結構遅くなると思う」

栞がチョイスした酒は口当たりが柔らかく、飲みやすいものだった。彼女は菜箸を手にし、匠の皿に蒸し野菜を取り分けつつ言った。

「最近は深夜まで部屋で仕事をしているみたいだったので、体調を心配してたんです。発表するなら、準備とかが大変ですよね」

「まあ、やってる最中は集中してるから、あんまり疲れたとは感じないんだ。だいぶ経ってから時間を見て、『やばい、明日もあるし、そろそろ寝なきゃ』ってなる。朝起きるときが一番つらいかな」

大学にいる時間帯はあまり自分の仕事ができないため、必然的に家でやることになる。

ここ最近の匠は深夜二時か三時まで起きているのが常だったが、おそらく今の職場にいるかぎり今後もこの生活は変わらないだろう。

匠はチラリと笑って栞を見た。

「でも栞の集中力も、かなりのものだと思うけどね。ほら、前に二人で行った展覧会のとき、絵画を見てる君は目の前のそれしか見えてなくて、ちょっと近寄りがたい感じだった」

――去年の今頃、珍しく週末に休みが取れた匠は、栞の希望で美術館に出掛けた。

確か十六世紀ルネサンスから十七、八世紀のバロック、ロココにかけての、ヨーロッパの著名な画家たちの作品が見られる展覧会だったように思う。匠はよくわからなかったが、西洋美術史を研究している彼女にとっては垂涎《すいぜん》の企画だったらしい。

するとそれを聞いた栞が、少しばつが悪そうに言った。

「あのときはわたしばっかり夢中になっちゃって、すみませんでした。わたしは好きだから何時間でも絵を見られますけど、興味がない匠さんには退屈でしたよね？」

「いや、そんなことないよ。さすがは巨匠っていうか、すごく見応えがあった」

「本当ですか？」

「うん」

確かに理系の匠にはまったく縁のない分野だったものの、真剣な眼差《まなざ》しで絵を見ている彼女の姿が興味深かった。

それを思い出していた匠は、栞が徳利を持ち上げてこちらに向けたのに気づき、自分のお猪口を差し出す。

「俺も数式解き始めたら、時を忘れるし。気づいたら時間がワープしてる」

「匠さんも?」

「まあ、研究者ってだいたいそうじゃないかな」

栞がお猪口の半ばほどまで酒を注いでくれて、匠はそれを一口であおる。

彼女が作る料理は味にバリエーションがあって、酒の肴《さかな》にはちょうどよかった。栞に明日の発表内容はどんなものなのかと聞かれ、匠はカリフラワーのフリットを口に放り込みながら答える。

「明日の研究発表は、『熱アシスト磁気記録に対する、デジタル信号処理方式の考察』と、『TDMR方式の信号処理における、ビットパターンメディアの活用について』。どういうものかわかる?」

「えっ……えっ?」

「栞が聞きたいなら、懇切丁寧に解説するよ。たぶん九十分くらいかかるけど」

匠の言葉を聞いた栞が、目を白黒させる。やがて彼女は、小さく言った。

「あ、あの……遠慮します」

申し訳なさそうなその言い方が可愛くて、匠は思わず噴き出した。

気づけば栞に勧められるがまま、かなりの杯を重ねている。軽く酩酊《めいてい》し、いつもより少し饒舌《じょうぜつ》になっている自分を感じていた。

(ああ、そろそろやめておかないと……)

しかしその判断は、少し遅かったらしい。

口当たりの良さでどんどん飲んでしまった匠は、時間の経過と共にアルコールが回り、それから十五分も経つ頃にはかなりの酔いを感じていた。

「――匠さん」

「……………」

「匠さん、大丈夫ですか？　ソファに移動してください。ここに座ったままだと、危ないかもしれないので」

栞の声がにわかに近く聞こえ、知らず目を閉じていた匠は立ち上がってリビングのソファに移動する。

ドサリと腰を下ろすと、すぐに栞がグラスを手にやってきた。

「お水です、どうぞ。……すみません、わたし、調子に乗ってついついお酒を注いでしまって」

栞が差し出した氷入りの水を、匠は飲む。隣には、心配そうにこちらを覗き込む小さな顔があった。

酔ってしまった自分とは対照的に、彼女はまったく顔色が変わっていない。肌は透き通って白く、黒目がちの大きな目もなめらかに丸い頬もいつもどおりだ。

(……どういうことだ)

アルコール度数の高い日本酒を二合以上飲んで、これほど顔色が変わらないなど、ありえるのだろうか。

「栞が飲んでいたのは、本当に酒だったのか」という疑問を抱きつつ、匠は彼女に問いかけた。

「……君はどうして酔ってないんだ。俺と同じくらい飲んでいたくせに」

「あ、わたし、結構お酒強いんですよ？　飲み会でも全然酔ったことないですし」

「――……」

「日本酒を飲んでもあまり顔色が変わらなくて、うちの教授に『君は見た目によらないねえ』って驚かれてるんです。言ってませんでしたっけ」

ニッコリ笑いながらの告白に驚き、匠はまじまじと栞を見つめる。

そんなのは、初耳だ。思えば匠には普段酒を嗜《たしな》む習慣がなく、栞とこうして飲んだのは初めてで、彼女がどの程度飲めるかなど皆目知らなかった。

（……くそ、恰好悪いな）

匠の中に、自分に対する情けなさが募る。

こんなことになるなら、酒は最初から断るべきだった。そう考えたとき、ふいに「つきあいが長いのに、自分は意外に栞のことを知らない」という思いが、匠の心をかすめる。

（……何だろう）

今はやけに、そのことが気にかかって仕方がない。

自分の知らないところで栞が何をしているのか、誰とどんなつきあいをしているのか——今まであえて知ろうとしていなかったことを考え、匠は嫉妬に似た気持ちを味わう。

「お水、もう一杯飲みますか？」

栞が遠慮がちにそう問いかけてきて、匠は「いや、いい」と首を横に振った。

冷静な思考ができない今、これ以上彼女の傍にいてはいけない。そんなチリチリとした焦燥が胸にこみ上げていた。

（……早く部屋に戻って、明日の準備をしよう）

時刻は既に、午後十時近くになっている。明日の朝は六時過ぎに自宅を出なくてはならず、あまり夜更かしはできない。

そう考える匠の顔を、栞が横からじっと見つめていた。彼女は匠の手からグラスを受け取り、テーブルに置く。そしておもむろに顔を寄せてきた。

「――……」

鼻先にふわりと花の香りが漂った瞬間、柔らかなものが唇に触れ、すぐに離れた。しばらくポカンとしていた匠は、自分が栞からキスをされたのだと、ワンテンポ遅れて悟る。

呆然としているうちに、一度離れた唇が再び触れてきた。彼女がそっと舌先で唇の合わせをなぞってきて、匠の理性がグラリと揺れる。

「……君は飲めばこうやって、誰にでもキスしてるのか」

匠の押し殺した問いかけに、栞が目を丸くした。

彼女は心外だと言わんばかりの顔で急いで首を横に振り、小さく答える。

「そんなこと――してません。匠さんだけ……」

「俺とするのが初めて？」

一瞬の躊躇いのあと、恥ずかしそうに頷く様子がひどく可憐《かれん》だ。

気づけば匠は栞を抱き寄せ、彼女の後頭部をつかんで深く口づけていた。

「……んっ……」

小さな口腔《こうくう》に押し入り、ぬめる舌を絡める。

互いの酒気を帯びた吐息に、頭がクラクラした。一度触れるとこみ上げる欲望を抑えきれず、匠は噛みつくようにキスを深くする。

舌の側面をなぞり、絡めて吸い上げる。喉奥まで深く探り、栞が苦しそうな声を漏らした途端、すぐに引いてなだめるように唇の表面を吸った。

彼女が息を吸い込んだのを確認した匠は、再びその唇を塞ぐ。

「ふっ……うっ……」

角度を変え、自らの舌をねじ込みつつ、ざらつく表面を擦り合わせる。

交じり合った甘い唾液を啜《すす》り、吐息すら閉じ込めながらする深いキスは、匠の中の征服欲を強く刺激した。

口づけを解かないまま、匠は手のひらで栞の胸に触れる。小ぶりだが弾力のあるふくらみを手の中に包み込んだ瞬間、彼女がビクリと身体をこわばらせた。

目を開けた瞬間、間近に栞の潤んだ瞳があった。

「ぁ……匠、さん……」

「……っ」

ハッと我に返った匠は、栞の肩をつかんで勢いよく身体を離す。

自分が何をしていたのかが互いの間を繋ぐ透明な唾液の糸でわかり、ひどく動揺した。

（俺は、一体何を……）

一気に酔いが吹き飛ぶのを感じながら、匠は自身の口元を拭う。

そしてソファから立ち上がり、栞を見下ろして言った。

「――……ごめん」

栞が何か言いかけたが、匠はそれを聞かずに大股でリビングを出た。

自室のドアを開け、後ろ手に勢いよく閉めた途端、思いのほか大きな音が家中に響き渡った。

（……一体何をやってるんだ、俺は）

理性を失《な》くして彼女に触れてしまった自分に、匠は愕然《がくぜん》とする。

これまで己に課してきた我慢が呆気なく崩壊した事実に、忸怩たる思いがこみ上げていた。いくら酩酊していたとはいえ、素面《しらふ》では絶対にしないことを行動に移してしまった自分が信じられない。

暗い自室の中は、しんと静まり返っていた。昼の暑さの名残を残した生ぬるい空気に満ちた室内、細く開けられた窓から吹き込む風に、かすかな夜の匂いを感じる。

匠はしばらくそのまま動けず、呆然と立ち尽くしていた。

＊　＊　＊

翌朝の五時に栞が起きたとき、既に匠は自宅にいなかった。

それに気づいたのは、ダイニングテーブルの上に書き置きが置かれているのを見つけたからだ。

〝早めに出るので、朝ご飯はいりません〟と書かれた一行目の少しあとに、「昨日はごめん」という書き足したらしい走り書きがある。

少し神経質そうなきれいな文字を見た栞は、表情を曇らせた。

「…………」

今日から匠が飛行機で移動するほどの距離を、一泊二日の予定で出張なのは知っている。

だが午前のフライトとはいえ、こんなにも早く家を出るのはありえない。おそらく昨夜のキスの一件で、彼は自分を避けている――そう考えた栞は、ひどく落ち込んだ。

（わたしが悪かったの……？　それとも匠さんは、あんなことをした自分自身が許せないの？）

楢崎から〝まずは酔わせて、酒の勢いで押し倒す〟という提案をされた栞は、昨日帰宅した匠を「軽く飲みませんか」と言って誘った。

彼は最初渋っていたもののどうにか応じてくれ、栞は話をしながら不自然にならない程度のピッチで、匠のお猪口に酒を注いだ。

彼がどうやらあまり酒に強くないのだと気づいたのは、口数が極端に減り始めたときだ。いつもより饒舌に話してくれていたのに次第に返事が間遠になり、テーブルにうつむき出したのを見た栞は、自分が飲ませすぎてしまったのを悟った。

（でも……）

栞のほうが酒に強いと知った匠は、少し悔しそうな顔をした。その様子は普段の落ち着いた彼とはまったく違って可愛く見え、栞は思わず彼にキスしていた。

だが異性とつきあったことのない栞には、触れるだけの軽いキスでも心臓がバクバクだ。何とか勇気を振り絞って舌先でそろりと匠の唇の合わせを舐めた瞬間、彼は栞の後頭部を引き寄せ、深いキスをしてきた。

(……すごかった)

昨夜のキスを生々しく思い出した栞は、じわりと赤面する。

初めてした深いキスはひどく官能的で、栞はただ受け止めるので精一杯だった。普段の匠にはない色めいた一面を見せられ、改めて彼が〝男〟なのだと強烈に意識した。

思い出していると熱が出そうだと感じた栞は、あえて考えないようにしてシャワーを浴び、家の中を掃除する。今日は土曜で、大学は休みだ。家事が済んだあとは合同発表の原稿と、試験代わりに提出を義務づけられているレポートをやろうと考えていた。

そうしているうちに時間が経過した朝十時、スマートフォンが鳴ったのに気づいた栞は、手に取って確認する。

そこにはメッセージのポップアップが表示されていて、楢崎からの「おはよう」「酔わせる作戦、どうだった?」という文言があった。

「――……」

何と返そうかしばらく迷った栞は、スマートフォンを操作し、電話をかける。

三コールくらいですぐに出た楢崎が、電話の向こうで笑って言った。

『おはよ。わざわざ電話かけてくるなんて、そんなに報告したいことでもあったの？』

優しい声を聞いた途端、重苦しいものが喉元までこみ上げ、栞は深呼吸する。そして正直に、昨夜の顛末《てんまつ》を告げた。

「上手く酔わせて、キスはできました。でも――我に返った匠さんに、謝られちゃって」

『謝られた？』

「今日から出張の予定だったんですけど、朝起きたらもういなくて……」

みるみる涙が盛り上がり、ポロリとひとしずく目尻から落ちる。

栞の涙声を聞いた楢崎が、ぎょっとした様子で「えっ、ちょっ、泣いてんの？」と問いかけてきた。

栞が無言で洟《はな》を啜ると、彼が動揺した声で「ああ、もう」とつぶやく。

『仲沢さん、今家に一人？　だったらこれから会おう』

「えっ……？」

『三十分後、三越《みつこし》の地下の入口で待ち合わせね』

強引に話をまとめられた栞は家を出て、言われるがままに指定された二駅先の百貨店まで向かう。

約束の五分前に現れた楢崎は、栞の顔を見てホッとしたように笑った。

「何だ、意外に元気そうじゃん。ここでメソメソ泣いてたらどうしようかと思った」

「……そんな」

「とりあえずお茶しようよ。どこの店がいい？」

楢崎は地上に出る階段を上り、少し歩いた先にあるカフェに入る。

オーダーを済ませたあとに二階の窓際の席に座り、彼はアイスコーヒーにガムシロップを入れながら、「で？」と言って栞を見た。

「結局何があったの？　酔わせることには成功したんでしょ？」

「はい。あの……」

グレープフルーツティーのグラスをストローで混ぜ、栞は昨夜の出来事について語り始める。

――あまり気が進まない様子だった匠を誘い、酒を飲ませる流れに持っていけたこと。いつもより饒舌になった彼と楽しい時間を過ごしていたが、やがて匠が酔ってしまったこと。

そしてそんな彼に衝動的にキスをしたところ、思いがけず情熱的なものを返されたこと――。

「たぶん、酔っていたからだと思うんですけど……あの、身体にもちょっと触られたんです。でもわたしがビクッとした途端、匠さんは我に返って、『ごめん』って部屋に行ってしまって……」

明らかに後悔していた様子の彼の顔を思い出すたび、栞の胸は惨めさでじくじくと疼く。

あのときの匠の態度からは、彼がそうして栞に触れるつもりがなかったことが如実に伝わってきた。

（匠さんは――酔っていなければ、わたしに触れるつもりがなかったんだ。今まであの手この手でアプローチしても揺るがなかったんだし、それは今後わたしが努力しても無駄ってことじゃないの……？）

そんなふうに感じるくらい、昨夜の匠の「ごめん」は栞に大きなダメージを与えていた。

栞の話を聞いた楢崎が、不可解そうな表情をした。

「ちょっと待って。なんか仲沢さんたちって、聞いてると全然夫婦って感じがしないんだけど。結婚して三年なら、その前に交際期間があったわけでしょ？　何でキスひとつでそんなに大事《おおごと》になるの？」

「それは……」

確かに傍《はた》から見れば、不自然に感じるかもしれない。

迷った末に、栞は彼に正直に話すことにした。

「実は、わたしたち——本当の夫婦じゃないんです。あっ、籍はちゃんと入っていて、世間的には正真正銘の夫婦なんですけど。何ていうか……実情を伴っていない、いわば〝偽装〟というか」

「偽装？」

「有り体に言うと、肉体関係を結んだことは一度もないんです。それで……結婚三周年を機に、この関係を解消しようって言われていて」

「——」

楢崎が驚いた顔で、しばし言葉を失う。

やがて彼は複雑な表情で問いかけてきた。

「……一体何で、そんな面倒なことしてるわけ？」

「十八歳のときに唯一の肉親だった兄が亡くなったあと、金銭的なことで親族とひどく揉めてしまって。匠さんはうちの兄の親友だった人で、しつこい親族からわたしを守るために結婚してくれただけなんです。『夫という肩書きがあれば、堂々と君の盾になってやれるから』って」

話を聞いた楢崎は、「うーん、わかるような、わからないような……」とつぶやく。

そしてアイスコーヒーを飲みながら沈黙し、窓の外の往来を眺めながら口を開いた。

「そういう事情があるなら、先に言ってほしかったな。俺の今までのアドバイス、だいぶ見当違いだったかもしれない」

「ご、ごめんなさい。騙《だま》すつもりじゃなくて――でも楢崎さんのお話は、わたし的にすごく為になりました。男の人の心理が、少しは理解できて」

「要するに今までは偽装夫婦だったけど、仲沢さんとしては離婚したくなくて、むしろ旦那さんを男として好きってことなんだよね？」

「そ、そうです……」

楢崎が深くため息をつく。

栞の中に、今さらながらに彼に対して申し訳ない気持ちがこみ上げていた。まだ知り合って日が浅いにもかかわらず、楢崎は親身になってこちらの相談に乗ってくれた。

それなのに問題の核となる部分をこれまで伏せていて、それに対して彼が不快になっただろうことは想像がつく。

（わたし、自分のことばっかりで……楢崎さんの気持ちなんて、全然考えてなかった）

栞はテーブルに視線をさまよわせる。そして顔を上げ、楢崎に謝った。

「あの——今まで肝心なことを伏せていて、本当にすみませんでした。楢崎さんは一生懸命相談に乗ってくれていたのに、わたし……」

「ああ、いいよ。さっきはつい『話してほしかった』なんて言っちゃったけど、確かにそういう事情なら、会ってすぐの人間にはペラペラ話せないよな。お兄さんが亡くなったこととか、口に出すのもつらいだろうし」

彼がさらりとこちらの気持ちを慮った発言をしてきて、栞はいたたまれなさをおぼえる。

初めて会ったときから楢崎の言動には他人に対する気遣いがあり、決して誰かを傷つける言い方をしなかった。

それが申し訳なく、そして尊敬できる点だと感じる。

「そっか……なるほどな。うーん……」

ふと気づくと楢崎が苦い表情で考え込んでいて、栞は遠慮がちに彼に声をかけた。

「……楢崎さん？」

「仲沢さんから聞いた事情を加味して、今後どうしたらいいか考えてるんだけど。正直今までの行動は、逆効果だったと思う。その気のない旦那さんに愛情の押し売りをしてるっていうか、特に昨日の〝酔わせて〟っていうくだりは、男としてものすごく不本意だったんじゃないかな」

（愛情の、押し売り……）

楢崎の言葉が胸に突き刺さり、栞は言葉を失う。

どうにかして離婚を回避するため、栞は匠の気持ちをこちらに向けようと努力してきた。

しかしそれは彼にとって、ひどく迷惑な行為だったということだろうか。

（確かに匠さん、毎回すごく困ってた。わたしを傷つけないように婉曲な表現をしてるけど、結局は全部拒絶してた……）

もし匠が栞に対して恋愛感情を抱いていないのなら、あんなふうに迫られて対処に困っていたに違いない。

それなのに酒に酩酊してうっかり栞に触れてしまい、取り返しのつかない気持ちになったのは、充分考えられる。

（そっか。だから今朝は顔も見ずに、出張に行っちゃったんだ……）

栞の目から、大粒の涙がポロリと零れ落ちる。

一度出ると止めようがなく、涙は次々にポロポロと零れていった。それを見た楢崎は痛々しげな表情になり、ポケットから取り出したハンカチを栞に手渡しながら言う。

「ごめんね、泣かせるようなこと言っちゃって。でも仲沢さんに聞こえのいいことばかり言って焚《た》きつけても、状況が改善するとは思えないんだ。ほら、人間って、『好きだ』って言われたからって相手のことを同じくらいに好きになれるわけじゃないし。ましてや旦那さんは、まったく恋愛感情のないまま仲沢さんと結婚して、三年間ただの同居人だったわけでしょ？　好きになるならとっくになってたっていうか、むしろこれだけ時間があって恋愛に発展しなかったんなら、今さら変えようがないんじゃないかなって思うんだよね」

「…………」

楢崎の言葉はどれも的確で、栞の心を抉《えぐ》るものだった。

しかし裏を返せば、それは今まで見ようとしていなかった〝真実〟だともいえる。

わかっていたのに信じたくなくて、栞はがむしゃらに力技で自分の気持ちを押し通そうとしていた。

目の前のグレープフルーツティーのグラスの中で氷が動き、カラリと音を立てる。

グラスの外側についた水滴が、涙のようにゆっくりとテーブルに落ちていった。

楢崎が自分のアイスコーヒーのグラスをテーブルに置いて言った。

「はっきり言うよ。無理に結婚を持続させようとせず、いっそ離婚するっていうことも、選択肢のひとつとして考えるべきだと思う」

「………」

「旦那さんだけが、男じゃないよ。たとえ今はつらくても、思いきって区切りをつけてフリーになれば、もっとちゃんと仲沢さんのことを大事にしてくれる人と出会えるって。そしていずれ偽装なんかじゃない、本当の結婚ができる」

楢崎の言葉の意味を、栞はじっと考える。

匠と別れ、一人になる。確かにフリーになれば、他の異性と出会う確率は上がるだろう。でも今の栞は、匠以上に誰かを好きになれるとは思えなかった。

(それに……)

匠が自分以外の誰かと暮らし、そしてその相手を愛するなど、想像するだけで嫌だ。ただの我儘でも、そう思う自分を栞は止められない。

栞は顔を上げ、楢崎を見る。そして静かに口を開いた。

「楢崎さんの言うことは、わかります。本当に親身になって、言いづらいことを口にしてくれているのも。でもわたしは——やっぱり離婚したくありません」

「…………」

「わたし、匠さんが好きなんです。本当に、どうしようもなく好きで好きで、たまらないんです。これまでは確かに偽装だったかもしれませんけど、どうにかあの人と本当の夫婦になりたいんです」

第五章

北海道から飛行機で約二時間、神戸に降り立ったのは午前十一時近くで、外は晴れて厳しい暑さだった。

（はあ、暑い……）

今日の予想最高気温は三十三度と、盛夏並みの気温になっている。

北国と違ってこちらは湿度があり、日差しも強い。立っているだけで汗が噴き出てくる陽気だ。

空港から目的地までは、バスや電車を乗り継いで一時間ほどだった。先に宿泊先のホテルにアーリーチェックインした匠は、フロントに荷物を預ける。今回の研究会は十三本の講演が予定されていて、一人の持ち時間は二十分、質疑応答で五分となっており、活発な意見交換が行われる。

匠の出番は、一日目の五番目だ。何度か休憩を挟みながら他の研究者が講演し、無事に自分の発表を終えた匠は、午後五時にホッと息をついた。

（このあとは懇親会か。一体何時にホテルに戻れるんだろう）

ケータリングの料理が並ぶ懇親会は、盛況だった。

多くの関係者と挨拶を交わし、ちょうど会話が途切れたところで、匠は一旦化粧室に向かう。

中に入ると先ほどまでの喧騒が遠ざかり、思わずため息が漏れた。

(はあ、疲れるな。大学にいたらいたで忙しいけど、こういう場は気の使い方が違うし)

それでも人脈を作るためには、こうした懇親会はおろそかにできない。

一人になった途端、憂鬱な気持ちが強まった。昨夜の出来事は、思い出すたびに匠を自己嫌悪の沼に落とし続けている。

勧められるがままに酒を飲んで酔っ払ったのも不覚だが、突然キスしてきた栞をかわすどころか、自分からより深いものをしてしまったのは痛恨の極みだ。

(酒で理性を失ってあんなことをするなんて、最悪だ。俺の今までの我慢は一体何だったんだ)

ふいに口づけられ、間近で栞の顔を見た瞬間、匠の理性の箍《たが》は外れていた。

一度触れるともう止めようがなく、彼女を抱き寄せて衝動のままに唇を貪っていた。

初めて抱きしめた栞の身体は華奢で柔らかく、腕の中にたやすく収まった。小さな舌の感触や甘い吐息を思い出すだけで劣情を揺り動かされそうになり、匠はぐっと奥歯を噛む。

これまでの匠は栞に自分の気持ちを押しつけてはならないと、強く己を律してきた。しかし我慢が限界に達する前に手放そうと決意した途端、彼女はこちらの理性を試すような行動ばかりしてきている。

（もし俺への罪悪感であんなことをしているのなら、やめさせないと。取り返しのつかないことになってしまう前に）

出張から帰ったら、彼女ときちんと話し合わなくてはならないと匠は考えていた。最初に切った期限まであと二週間あるが、待っている余裕はない。自分の中では既に結論が出ているのだから、栞にわかってもらえるように話すまでだ。

化粧室を出た匠は、懇親会の会場に戻る。するとそこで一人の女性に、声をかけられた。

「仲沢くん、お久しぶり」

女性は背が高く、ヒールを履いているせいで身長が一七〇センチを超えていた。

サラサラのダークブラウンの髪が軽やかに肩口で揺れ、スーツの胸元からは豊満な胸の谷間が見えている。しかし体型はスラリとしていて、何ともいえない色香を漂わせていている女性だった。

彼女の顔をまじまじと見つめた匠は、ポツリとつぶやく。

「……倉木《くらき》？」

「そうよ。ふふっ、何年ぶりかしらね」

声をかけてきた女性は、匠と旧知の仲である倉木小夜《さよ》だった。かつて同じ大学で学び、専攻する分野も一緒だった同級生だ。

彼女は学部を卒業したあとアメリカの大学院に入り、向こうで博士号を取ったと聞いていた。同じ分野で研究しているため、ときおり共著論文などで名前を見ることはあったものの、顔を合わせたのは大学以来で約九年ぶりとなる。

匠は驚きながら言った。

「久しぶり。アメリカに行ったって聞いてたけど、今も向こうなのか？」

「いいえ。向こうの大学で働いたあと、二年前から関西の〇大学の電子情報工学科で助教をしていたのよ。今日はうちの教授と一緒に来たの、ご挨拶がてら」

「挨拶？」

「実は私、大学を退職して、民間企業の研究員として地元《そっち》に戻る予定なの。うちの母が病気になって、急に一緒に住まなきゃならなくなってね。ちょうど研究内容と仕事が上手くマッチングする企業に拾ってもらえて、ラッキーだったわ。だから今日は、あちこちの大学の先生に退職のご挨拶」

「……そうか」

大学の研究職から民間企業に転職する話は、ときおり聞く。

大学の仕事はどうしても拘束時間が長く、空いている時間はずっと研究をしていて当たり前な世界のため、余裕がない。

大学教員は多くの研究者と知り合う機会に恵まれ、刺激を受け続けられるというメリットがあるが、民間企業はプライベートの時間を持てるのが大きな魅力だ。どちらがいいかは、おそらく人それぞれなのだろう。

気づけば倉木が、匠の手をじっと見ている。彼女は笑って言った。

「薬指に指輪してる。ふうん、仲沢くんが結婚したって噂《うわさ》で聞いてたけど、本当だったんだ」

何となく言葉に含みがあるのは、おそらく倉木が大学時代に匠とつきあっていたからだ。

交際期間はほんの二ヵ月ほどで、きっかけは議論が高じて意気投合したことだった。だが元々恋愛感情がなく、互いにドライだったせいですぐに熱が冷めてしまい、「何か違うから、別れよっか」と言われ、匠もあっさり「そうだな」と了承し、別れに至った。

だから今は、何とも思っていない。数年ぶりに再会した倉木の華やかさを見て、「相変わらずきれいな女だな」と思うだけだ。

匠は視線を落とし、自分の左手の薬指をじっと見つめる。そしてぐっと拳を握りしめて言った。

「――確かに結婚してるけど、もう別れるんだ」

「えっ？」

「近々離婚するつもりでいる」

倉木は驚いた顔で匠を見つめ、やがて「……そう」とつぶやいた。

詳しく理由を聞いてこないのは、大学職員がどれだけ忙しく家庭を顧みられないのかがわかっているからだろう。周りを見ても三十代で結婚していない者が多く、一方で離婚率は高い。

匠は彼女に問いかけた。

「倉木は？」

「えっ？」

「結婚」

見るかぎり、彼女の手に指輪はない。匠の問いかけに倉木は苦笑いし、答えた。

「してないわ。残念ながら独身」

「そうか」

「こんなにいい女なのにねえ」

倉木が肩をすくめ、わざとらしくため息をつく。

いかにもアメリカナイズされたそのしぐさがおかしくて、匠は思わず噴き出した。

そこで顔見知りの他校の教授が、少し離れたところから匠を呼ぶ。そちらを気にする匠に、彼女が笑って言った。

「どうぞ、行って。私が地元に戻ったら飲みにでも行きましょう」

「ああ。連絡を待ってる」

踵を返した匠は、自分を呼んだ教授に歩み寄り、「ご無沙汰しております」と挨拶する。

そのとき倉木が物言いたげな目つきでこちらを見送っていたが、彼女に背を向けていた匠はまったく気づきはしなかった。

その後、二日間の日程を滞りなく終えた匠は、午後五時過ぎの飛行機で地元に戻った。

約二時間のフライトで、そこから市内に戻るのに一時間ほどかかる。一度大学に寄った匠は所用を済ませ、午後九時半にようやく帰路についた。

徒歩十分の距離を歩きながら、帰宅後に栞と話す内容を考え、気が重くなる。だが普段はこんなに早く帰ることは少ないため、やはり今日話し合うべきだろう。

(仕方ないよな。……これ以上、先延ばしにするべきではないんだから)

近頃はわざわざ離婚届を役所まで取りに行かなくても、ウェブでダウンロードできるらしい。

調べてそれを知った匠は、用紙をプリントアウトして持ってきていた。

マンションのオートロックを解除し、エントランスに入る。そしてエレベーターで六階まで上がり、玄関の鍵を開けた。

すぐにリビングのドアが開き、栞が出てくる。

「お、おかえりなさい」

「ただいま」

栞が手を差し出してきて、匠から出張用のビジネスバッグを受け取ろうとする。匠は自分で全部片づけるつもりで、彼女にそう告げようとした。

「栞、……」

「は、はいっ！」

ビクッと肩を揺らし、飛び上がらんばかりの勢いで返事をした栞が、匠を見る。目が合った瞬間、彼女はぶわっと顔を赤らめた。一体何事かと思ったが、一昨日酔った匠が深いキスをして以降、今日初めて顔を合わせたことに気づく。

「栞、一昨日《おととい》は――」

匠は自分の振る舞いを謝り、彼女に「話がしたい」と言うつもりでいた。しかしこちらを過剰に意識した様子の栞が、早口で言う。

「あの、わたしも今外から帰ってきたばかりなんです。お風呂に入ってきます！」

「えっ……」

彼女がバタバタと洗面所に姿を消す。

それを呆然と見送った匠は、廊下に立ち尽くしたままため息をついた。

（……まあいいか。栞が風呂から上がったら、話をしよう）

それまでに荷物を片づけようと考えつつ、匠は一旦リビングに入る。

彼女は本当に外から帰ってきたばかりらしく、リビングのテーブルの上にバッグとスマートフォンが置きっ放しになっていた。ベランダの窓が開けられているものの、室内は昼間の熱気を残して蒸し暑く、テレビが点いていないせいでしんと静まり返っている。

疲れを感じた匠はスーツの上着を脱ぎ、ドサリとソファに腰を下ろした。ネクタイを緩めながら背を預け、深く息を吐いて目を閉じる。

そのときふいに、電子音が鳴り響いた。

身体を起こした匠は、音の発信源がテーブルの上に置きっ放しの栞のスマートフォンだと気づく。

(急な用事かな。栞に知らせたほうがいいのか)

すぐに音が途切れ、匠が何気なく視線を向けたところ、ディスプレイに表示されたポップアップが目に入った。

送信者は〝楢崎一真〟となっており、どうやら通話アプリのメッセージらしい。そこには「旦那さん、そろそろ帰ってきた？　上手く立ち回れよ」というメッセージが表示されていた。

「――……」

それを見た瞬間、匠の思考がフリーズした。

栞のスマホに、男からメッセージがきている。しかも内容は、ひどく意味深なものだ。

(俺が出張だったのを知ってる？　「上手く立ち回れ」って、一体何を――)

文面からすると、栞と送信者は相当親密な感じがする。匠の頭に閃《ひらめ》いたのは、ひとつの可能性だった。

(……まさか、浮気か？)

〝浮気〟というには、少し語弊があるかもしれない。なぜなら匠と栞は偽装結婚で、肉体関係はないからだ。

どちらかといえば同居人のようなもののため、栞が他の異性と親しくしても匠に縛る権利はない。だが世間的には、自分たちはれっきとした〝夫婦〟として見られている。

(栞が、他の男と――)

普段の栞は、匠が帰宅する時間に在宅しているのが常だ。それなのに今日は匠が帰ってくる少し前、午後九時半に帰ってきたという。

もしかすると彼女は、このメッセージの送り主の男と直前まで一緒にいたのかもしれない——そう考えた瞬間、匠の心に渦巻いたのは猛烈な嫉妬だった。

数日前、彼女は「キスは匠さんが初めて」と言っていたが、それは嘘だったのか。思えば経験がないのにあんなふうに誘ってくるのも、かなり不自然な話だ。

「…………」

ソファに座ったまま、一体どれくらいのあいだそうしていただろう。

洗面所のほうで浴室の折り畳み戸が開く気配がし、ややしてドライヤーを使う音が聞こえた。やがて栞がリビングに入ってきて、匠の鼻先をかすかにシャンプーの甘い香りがかすめる。

戸口に立った彼女が、遠慮がちに声をかけてきた。

「あの……匠さんより先にシャワーを使ってしまって、すみませんでした。お腹が空いてるなら、軽く何か作りましょうか？」

視線を向けると、パジャマ代わりの部屋着を着た栞がこちらを見ている。

髪は完全に乾き切っておらず、わずかに湿っていて、少し上気した頬が可愛らしかった。

匠は努めて普通の顔を作り、テーブルの上のスマートフォンを手に取る。そしてそれを彼女に向かって差し出しながら、穏やかな口調で言った。

「――スマホ、鳴ってたよ」

＊＊＊

今日は午後から高校時代の友人に誘われて映画に出掛け、つい帰宅が遅くなってしまった。

自宅に到着してすぐに匠が帰ってきて、心の準備がなかった栞はひどく動揺した。何しろ彼と顔を合わせるのは、キスをしたあの夜以来だ。逃げるようにバスルームに飛び込んだものの、ろくに話をせずにそういう行動をしたのは、今思うと感じが悪かったかもしれない。

そう思いながらシャワーを浴び、髪を乾かしてリビングに戻ると、ソファにいた匠がスマートフォンを差し出してきて一瞬きょとんとする。

しかしすぐにメッセージか何かが届いたのだと思い至り、栞は慌てて手を伸ばしてそれを受け取った。

「すみません、ありがとうございます」

テーブルの上には帰ってきたときに置いたままのバッグが放置されていて、栞はそれをしまうべく自室に向かう。

部屋の灯りを点けずにバッグを所定の場所にしまい、スマートフォンを開くと、メッセージを送ってきたのが楢崎だとわかった。

（「上手く立ち回れ」……か。楢崎さん、優しいな）

栞の頬が、思わず緩む。

昨日、休日であるにもかかわらず栞と待ち合わせをした彼は、親身になって相談に乗ってくれた。栞は今まで隠していた匠とは偽装結婚であるという事実を楢崎に告げたが、それを聞いた彼は「結婚生活を持続させるのは諦めて、離婚することも選択肢に入れるべきだ」とアドバイスしてきた。

楢崎の言い分は理路整然としていて、栞にも理解できた。こちらには厳しい内容ながら、彼の言い方には優しさがあり、栞はそんな楢崎に迷惑をかけている申し訳なさをひしひしと感じた。

だが結局栞は、楢崎に「匠を諦めたくない」と告げた。たとえこちらの行動が愛情の押し売りだったとしても、期限である月末までは努力したい。我儘でもエゴでも、そうしたい気持ちに変わりはなかった。

『それに、わたし――思うんです。今努力しなかったら、きっとすごく後悔する。でもやれるだけやったあとなら、ちゃんと匠さんを諦められるんじゃないかなって』

栞の言葉を聞いた彼は、何ともいえない表情になった。そして呆れたような顔をしながらも、こちらの言い分を認めてくれた。

『OK、わかった。仲沢さんがそこまで言うなら、俺は止めないよ。愚痴ならいつでも聞くから、遠慮しないで連絡して』

数回顔を合わせるうちに楢崎とは格段に打ち解け、何気ない話題でときおりメッセージがくる。つい先ほどきたものも、その延長だ。

栞はスマートフォンを操作し、彼に「頑張ります」と返した。期限まであと二週間しかないのだから、自分にできる精一杯のことをするまでだ。

とりあえずキッチンに行き、常備菜をいくつか組み合わせて、匠に食事を出そう
――そう考えた瞬間、背後でドアがコンとノックされた。

「――栞」

「は、はいっ？」

突然のことに驚き、少しひっくり返った声で返事をすると、匠がドアを開ける。

普段の彼はよほどの用がないかぎり、この部屋には来ない。栞は暗がりの中でスマートフォンを握ったまま、どぎまぎして問いかけた。

「あの、何か……」

「メッセージ、誰から？」

「えっ？」

思いがけない質問に栞はドキリとし、匠を見つめる。

リビングのほうの明かりを背にした彼は逆光になっていて、どんな顔をしているのかわからない。

ようやく匠の質問が先ほどのスマートフォンの着信を指しているのだとわかり、栞はぎこちなく答えた。

「あ……学校の、友達です。別にたいした用事じゃ」

「友達ね。ただの友達が、あんな意味深な文面を送ってくるんだ」

一瞬何を言われているのかわからずに固まった栞は、やがて小さくつぶやく。

「匠さん、もしかしてわたしのスマホを見て……？」

「わざわざ開いて見たわけじゃない。着信時にディスプレイに表示されたポップアップが、偶然目に入っただけだ」

部屋の中に踏み込んできた匠は、いつもどおりの落ち着いた口調なのにどこか怖さを感じる。

思わず後ずさる栞を見た彼は、皮肉っぽく笑って言った。

「ここ最近の君は、少し様子がおかしいと思ってた。急に積極的になって、グイグイ迫ってきて——キスは俺が初めてだとか言ってたけど、危うく騙されるところだったよ」

「だ、騙す？」

「他に男がいるんだろう？　確かに今までの俺たちは、夫婦といってもただの同居人にすぎなかった。年頃の君がよそに好きな相手を作るのは、至って普通の流れなのかもしれない。大学内にはいくらでも男子がいるわけだし」

栞の心臓が、ドクドクと速い鼓動を刻んでいた。

匠は何か、ひどい誤解をしている。それをどうにか否定したくて、栞は小さく言った。

「違います……わたしは」

「最初からそう言えばすぐに別れてやったのに、どうして申告しなかったんだ？　実情はさておき、今の状態で君がそういう行動をすれば、浮気ということになる。それは俺の体面を傷つけるとは思わなかったのか」

匠が楢崎との仲を誤解しているのだと悟り、栞は血の気が引くのを感じた。

楢崎に対しては、一切そういう感情はない。しかし何といえばわかってもらえるのかわからず、上手く言葉が出てこなかった。

(わたしが好きなのは……匠さんだけなのに)

匠が目を伏せ、どこか疲れたように言った。

「君の考えがわからない。好きな相手がいるなら、俺の『離婚しよう』っていう申し出は渡りに船だったはずだ。それなのに君は、離婚届に判を押したくないという」

「匠さん、わたしは……っ」

「ああ、もしかして、戸籍に傷がつくのを恐れているのか？　確かに二十一歳で離婚歴があるのは、世間的にあまりよろしくないかもしれないな。そもそも俺と結婚したこと自体が、君にとっては大きなお節介だったってことか」

自虐的な彼の言葉に、栞は急いで首を横に振る。そして「そんなふうに考えてはいません！」と強い口調で告げた。

「匠さん、聞いてください。わたしは匠さんと結婚したのを後悔はしてません。むしろ、そうさせてしまったのを申し訳なく思っていて……っ」

「俺なりに、この三年間君を大事にしてきたつもりだった。自分の気持ちを抑えて、亡くなった櫂人の代わりになれればと――でもこんなふうになるなら、我慢なんてするんじゃなかったな」

独り言のようにつぶやいた匠が手を伸ばし、指先で栞の頬に触れてくる。

栞はひどく混乱していた。

（我慢って何？　匠さんは、どうしてこんなに怒ってるの……？）

彼の指が、感触を確かめるようにゆっくりと栞の頬を撫《な》でる。匠が仄暗い微笑みを浮かべて言った。

「君の意思を邪魔するつもりはない。好きな男のところに行きたいなら、離婚してどこにでも行けばいい。でも――その前に、この三年間君を庇護してきた俺にご褒美をくれないか」

「ご、ご褒美って」

「一度抱かせてくれってことだよ」

思いがけない言葉に、栞は頭が真っ白になる。

呆然と彼を見上げていると、強く二の腕をつかまれた。

「あ……っ」

すぐ横にあるベッドに、身体を押し倒される。

匠が上にのし掛かってきて、二人分の体重を受け止めたシングルベッドがギシリと軋んだ。

彼は栞の上に覆《おお》い被《かぶ》さりながら、既に緩んでいた自身のネクタイを抜き去る。スーツ姿の匠は前髪を上げていて、それが彼をまるで違う人のように見せていた。

（どうしよう――こんな）

ワイシャツのボタンを二つほど外した彼が、栞をじっと見下ろしてくる。そして身を屈めて口づけてきた。

「……っ」

緊張して思わず引き結んだ栞の唇に、匠は何度か触れるだけのキスをする。

頬を撫でられ、一瞬気がそれた隙に、彼の舌がそっと口腔に押し入ってきた。

「ん、ぅっ……」

舌先が触れる感触は数日前のキスを思い出させ、栞の体温がじわりと上がる。

荒っぽくはないキスのあと、匠が唇を滑らせてこめかみや頬を辿《たど》った。耳殻《じかく》に触れられた途端にゾクゾクとした感覚が走り、栞は首をすくめる。同時に上衣の下に入り込んだ彼の手が胸に触れ、ドキリとして身を固くした。

ふくらみを揉みながら耳に舌先を入れられ、ダイレクトに響く水音に身の置き所のない気持ちを味わう。

（どうしよう、こんな……っ）

混乱する栞は、何とか匠の手から逃れたくて身をよじった。

一体どれくらいそうしていたのか、彼の舌が耳から出ていってホッとした栞は、匠の二の腕をつかんで押し留めようとする。

「匠さん、待っ……」

彼は身を起こし、栞の抵抗をものともせずに部屋着の上衣とスポーツブラを取り去ってしまった。

無防備な胸をあらわにされた栞は、焦りをおぼえる。灯りが点いていないとはいえ、室内は完全に暗くはなく、薄闇に慣れた匠の目には確実にこちらが見えてしまっているに違いない。

栞の首筋に唇を這《は》わせながら、彼の大きな手が胸のふくらみを包み込む。ゆっくりと感触や大きさを確かめるような動きに、じわじわと恥ずかしさが募っていった。

覆い被さる彼の重み、その身体の大きさが栞の抵抗を封じ込め、逃れようにもわずかに身をよじることしかできない。

やがて匠の手が太ももを這い上がり、下着に触れる。そこは胸への愛撫でとっくに熱くなっていた。

「──濡れてる。胸を揉まれるの、気持ちよかった？」

「……っ」

感じているのを揶揄《やゆ》する言葉に、かあっと頭に血が上る。

それから栞は、長く彼の手管に翻弄された。匠は乱暴ではない触れ方でじわじわと官能を高め、反応を見ながら快感を引き出していく。

身体がじんわりと汗ばみ、感じさせられていく自分が恥ずかしくてたまらない。匠の手をつかんで押し留めようにも、彼の力は強く、制止することは叶《かな》わなかった。

「……っ……匠、さん……っ……」

思わず声を上げる栞の頭を片方の腕で抱え込み、匠が乱れた髪に顔を埋めてささやく。

「栞──可愛い」

吐息のようなその声はこれまで聞いたことのない響きで、栞はぎゅっと顔を歪めた。

今までは匠が好きで、彼に愛されたいと強く願っていた。形だけの〝夫婦〟ではなく、愛し愛される関係になりたいと思い、そう発展させるべく手を尽くしてきた。

だが望んだのは、こんな抱かれ方ではない。気持ちを無視して触れられても、まったくうれしくはなかった。

やがて彼の手に追い上げられた栞は、息を乱してぐったりする。財布を取り出した匠が中から避妊具を出すのをぼんやり見つめ、「そんなのを持ってるんだ」と密《ひそ》かにショックを受けた。

(匠さん、そういうものを使うときがあったんだ……)

三十代の大人の男性なのだから、これまでつきあった相手はそれなりにいたに違いない。

しかし「この三年間はどうだったのか」と考え、栞はふいに泣きたい気持ちになった。

(もしかして、そういうことをする相手がどこかにいた？　それなのに匠さんは、わたしだけを責めるの……？)

そんな気持ちが顔に出ていたのか、彼が口を開いた。

「誤解しないでほしいんだけど、別にこれは日常的に使うから持ち歩いてたわけじゃないよ。もう何年も入れっ放しだったのを、今思い出しただけ」

匠がそう言いながら、自身のスラックスのベルトを緩める。

前をくつろげ、取り出したものに避妊具を被せながら、彼はふと苦く笑った。

「まあ、こんな言い訳をするのも何だか滑稽《こっけい》だな。君は俺のことなんか、きっとどうでもいいんだろうし」

脚を広げられ、匠がその間に身体を割り込ませてくる。

それに怯《おび》え、栞はぎゅっと身を固くした。

(ああ、わたしの初めてって、こんな感じなんだ)

ふいにそんな考えが頭をかすめ、栞の胸が強く締めつけられる。

だがたとえ意に染まぬ形でも、好きな相手にされるのは、まだ幸せなことなのだろうか。

目尻から涙がひとしずく零れ落ち、それを見た匠が虚を衝《つ》かれたように目を瞠った。

観念して目を閉じた栞だったが、次の瞬間、自分の上がふと軽くなるのを感じる。

(……えっ?)

驚いて目を開けると、栞の上からどいた匠がベッドの縁に腰掛けるところだった。

避妊具を取り去った彼はそれをゴミ箱に捨て、ズボンをおざなりに上げてため息をつく。

匠が今どんな表情をしているのかは、後ろ姿でわからない。栞はベッドに半身を起こしながら、躊躇いがちに呼びかけた。

「あの……匠、さん?」

「――――」

立ち上がった彼はベッドの上掛けを引っ張り、栞の裸体を丁寧に覆い隠す。

そしてそのまま、無言で部屋を出ていってしまった。

（……どうして……）

暗がりの中、上掛けを引き寄せて身体を隠しながら、栞は呆然と閉まったドアを見つめる。

なぜ匠は、途中で行為をやめてしまったのだろう。誤解がきっかけだったが、先ほどの栞は彼と最後までする覚悟ができていた。

自分を抱くことで匠の苛立ちを鎮められるなら、それでいい。

たとえ彼に愛されての行為ではなくとも、好きな人に抱かれるのだから、それで構わないと思っていた。

しかし彼はいきなり行為を中断し、無言で部屋を出ていってしまった。その行動をどう解釈するべきか、栞にはわからない。

そんなことを考えているうちに再び部屋のドアが開き、栞は驚いてビクッと身体を震わせる。

戻ってきた匠がベッドに歩み寄り、手に持っていた一枚の紙をパサリと置いた。

「……あの、これって」

栞が戸惑いながら小さく問いかけると、ベッドサイドから栞を見下ろした匠が、低く答える。

「――離婚届だ」

「えっ……」

「俺の欄はもう埋めてあるから、あとは君が必要事項を記入して、役所に提出してほしい。このマンションは俺の名義で契約している都合上、八月末を目途に出ていってもらえると助かる。そのあいだ俺は他のところに泊まるし、婚姻関係を解消するに当たっての諸条件は、一ヵ月後に書面にして持ってくるよ」

「――……」

栞は頭が真っ白になるほどのショックを受け、目の前に置かれた紙を呆然と見つめた。

自分があの手この手で奮闘しているうちに、匠はとっくに離婚届を用意していたのだ。しかもそれは、既に記入済みだという。

その事実は言葉にならないほどの衝撃で、栞の心を打ちのめしていた。

(本気……だったんだ。匠さんは、わたしと本当に別れたくて――それで)

――そうして今、こうして記入済みのものをこちらに突きつけている。

部屋の中に、重い沈黙が満ちた。匠がじっとこちらを見下ろしているのがわかったが、栞は彼がどんな表情をしているかを確かめるのが怖くて、顔を上げられない。

沈黙を破ったのは、匠のほうだった。彼は小さく息をつき、一瞬の間を置く。そして淡々と告げた。

「届を出したあとは、できればメールで連絡をくれるとうれしい。俺のほうで君を扶養から外すとか、事務的な手続きをしなくちゃいけないから」

「…………」

「……じゃあ」

匠が部屋を出ていき、ドアが音を立てて閉められる。

伝えたい言葉が喉元までせり上がっていたものの、結局声にならなかった。

(行かないで。匠さんがこの家を出ていくなんて――嫌)

肝心なことは、まだ何も話せていない。

それなのに匠は、こちらに背を向けて行ってしまった。

「……っ」

栞の頬を、涙がひとしずく伝って落ちていく。

一連の流れに、心がまったくついていかなかった。先ほど熱くなったはずの身体がどんどん冷えていくのを感じながら、栞は薄闇の中、無情に閉まってしまったドアを長いこと見つめ続けていた。

第六章

休み明けである月曜、大学にいる学生たちは皆どこか気だるげな気配を漂わせていて、講義中も欠伸《あくび》をしている者がちらほらいる。

午前中、二限に亘って口腔保健発育学の講義に出た楢崎一真は、昼休みにスマートフォンを開いた。そして朝送ったメッセージが未読のままなのを確認し、表情を曇らせた。

（……何かあったのかな）

相手は半月ほど前に知り合ったばかりの、ひとつ年下の女の子だ。

遊び仲間である宮前冬子の親友の仲沢栞は、二十一歳の若さで既に結婚しているという。

そんな彼女が夫と離婚の危機に陥り、「男心をレクチャーしてやってほしい」という名目で冬子から紹介されたのが、知り合ったきっかけだった。

実は栞と夫が偽装結婚であり、肉体関係がないということを知らされたのは、一昨日の土曜だ。楢崎は彼女に離婚も選択肢に入れるよう勧めてみたものの、栞は「どうしても諦めきれない」と語った。

（……そこまで思い詰めるくらい、旦那さんはいい男なのかな）

三年も一緒に暮らしていて肉体関係がないという事実に、楢崎は心底驚いた。

少しでも相手に好意があるなら、とっくにどうにかなっていいはずだ。それでも何ひとつ進展せず、離婚まで切り出されているのなら、残念ながら夫のほうには栞に対して恋愛感情がない確率が高い。

楢崎は栞に電話しようと、スマートフォンを操作する。しかし少し考え、発信先を冬子の番号に変えた。

コールが鳴り始めて五回ほどで、彼女が電話に出る。

『もしもし、一真くん？』

「あ、冬子ちゃん？　おはよ。あのさ、仲沢さんに送ったメッセージ、未読になってるんだけど、彼女今日、学校に来てる？」

『来てることは、来てるんだけど……』

冬子が言葉を濁すのを聞き、何か事情がありそうだと感じた楢崎は、「今どこ？」と問いかけた。

『栞はW棟のラウンジで、ぼーっとしてるの。お昼は食べたくないって言うから、あの子のことは放っておいて、ちょっと私たちだけで話しましょ』

かくして楢崎と冬子は、互いの学部棟の中間地点にある中央食堂で落ち合った。

先に到着して席を取っていた彼女は、楢崎の顔を見て「おはよう」と言う。

「おはよ。仲沢さん、何かあったの？」

楢崎は冷やしたぬきうどんが載ったトレーを手に、冬子にそう尋ねる。すると彼女は、呆れたような顔をした。

「会うなり聞くのは、栞のこと？　ずいぶん心配するのね」

「あー、ほら、何か悩んでるみたいだったからさ。一応乗りかかった船だし、放っておけないっていうか」

「ふーん。それで土曜にわざわざあの子と待ち合わせして、二人きりで相談に乗ったんだ」

どこか面白がるような冬子の様子に、楢崎は居心地の悪い気持ちを味わう。

彼女が遠回しに揶揄するとおり、自分でもやけに栞に肩入れしているのはわかっていた。パッと見はおとなしげに見えるのに、彼女は話してみれば予想とは違う反応を返してきたりと、面白い。

形だけの夫に恋しているという栞は本当に一生懸命で、いつのまにか楢崎はそんな彼女の役に立ちたいと強く思うようになっていた。

（……可愛いんだよな）

夫について語る彼女の表情は、まさに恋している乙女そのものだ。

兄が亡くなったときに助けてくれたという彼をすっかり信頼し、一途に想っている様子を見るたび、楢崎はムズムズと落ち着かない気持ちになっていた。

「あのさ、冬子ちゃん」

「何？」

「俺、土曜に聞いたんだ。――仲沢さんと旦那さんが、実は一度もヤってない偽装結婚だっていうの」

冬子がかすかに眉を上げ、問いかけてくる。

「それで一真くんは、栞に何て答えたの」

楢崎は彼女に説明した。

偽装結婚だという事実を踏まえ、別れたほうがいいんじゃないかというアドバイスをしたこと。三年も一緒にいて何も進展しないなら、今後どうにかなる可能性はないなるものなら、とっくになっている――そんな厳しい意見を述べたと話すと、冬子が頷いた。

「まあ、確かにそうよね」

「でも彼女、『諦めない』って言ったんだ。今頑張らないと絶対後悔する、それだけは嫌だって。それで昨日、旦那さんが出張から帰ってくるって言ってたから、どうなったかなーと思ってメッセージを送ったんだけど」

今日の朝送ったものへの返事が、いまだにない。

そんな楢崎の言葉を聞いた彼女は、パスタをフォークに巻きつける手を止めて「そう」とつぶやいた。

「なるほど、そういう話になってたのね。私たち、今日は前期の合同発表だったんだけど、あの子は朝から泣き腫らしたようなひどい顔をしてるし、発表のときも声が小さくて、見ていてハラハラしちゃったわ。それでも何とか終わったあと、『一真くんと土曜に会ったとき、どんな話をしたの？』って聞いても、どこか上の空で。とにかく沈み込んでいて、まだ詳しい話が聞けていない状況なの」

泣き腫らした顔――と聞いて、楢崎は表情を曇らせる。

彼女がそんな状態になるなら、考えられる原因はひとつだ。

（昨日出張から帰ってきた旦那さんと、きっと何かあったんだ）

普段の栞はメッセージのレスポンスが早く、少しでも遅れると「ごめんなさい」と謝ってくる。

しかし昼休みになった今も返してこないなら、よほどショックな出来事があったに違いない。

楢崎は居ても立ってもいられなくなり、席から立ち上がる。そして冬子を見下ろして言った。

「仲沢さんがいるの、W棟のラウンジだっけ？　俺、今からそこに行って――」

「待って。今話を聞くのは駄目よ。昼休みは残り時間がわずかだし、一真くんも午後に講義があるでしょ」

「そうだけど……でも」

「今日、学校が終わったあとにゆっくり話を聞こうと思ってるの。一真くんも来る？」

「うん、もちろん」

迷わず返事をし、楢崎は再び椅子に腰掛ける。

本当は夜にアルバイトがあったが、それどころではない。後輩に頼んでシフトを変わってもらえば、時間は作れる。

楢崎は早速スマートフォンを操作し、後輩にメッセージを送り始める。するとそんな楢崎を見つめていた冬子が、「ねえ」と呼びかけてきた。

「何だかすごーく一生懸命だけど、そんなに栞のことが心配？」

「心配だよ。いろいろ話を聞いてたら、応援したくなっちゃうっていうかさ。何だろう、彼女ってどこかふわっとしてて天然っぽくて、守ってあげなきゃいけない気分になるよね」

「それはまあ、否定はしないわ。でも一真くん、ちゃんとわかってる？」

「何を？」

冬子が楷崎の顔を、正面からじっと見つめてくる。

彼女はこちらのわずかな動揺も見逃さないというように、真っすぐな目つきで問いかけてきた。

「あの子が夫を持つ、人妻だってこと。事情がどうあれ、二人きりで会うのは感心しない。どうして土曜日、私も呼ばなかったの？」

突然思いがけないことを言われ、楷崎は返す言葉に詰まる。

食堂内は学生たちでにぎわっていて、話し声や食器が触れ合う音があちこちから聞こえていた。

土曜日は電話口で栞が泣いている気配を感じ、気がつけば彼女を誘っていた。そのとき冬子を呼ぶ考えは、楷崎の中にはまったくなかった。あえて排除したわけではなく、それくらい勢いで決めたことからだ。

楢崎は歯切れ悪く答えた。

「あー、その……冬子ちゃんを呼ばなかったことについては、別に他意はないよ。電話がきたとき、仲沢さんが泣いてるみたいだったから、一人にしておけなくて……それで」

「栞のご主人がそれを知ったら、どう思うかを考えてみて。私を含めた三人で会うなら、よくある学生同士のつきあいよ。でも男女二人きりだと、あらぬ誤解をされても仕方がないの」

言われてみれば確かにそのとおりで、楢崎は今さらながらに自分の浅はかさを悟った。

もし栞の夫が自分の妻が知らない男と二人でいる光景を目撃したら、きっといい気持ちはしない。楢崎は反省し、冬子に素直に謝った。

「冬子ちゃんの、言うとおりだと思う。——俺が迂闊《うかつ》だった。ごめん」

冬子は表情を緩め、「わかればいいのよ」と言って残りのパスタを口に運ぶ。

楢崎はふと気になり、彼女に問いかけた。

「冬子ちゃんはさ、その……知ってんの？」

「何を？」

「あー、仲沢さんの旦那さんが、どんな人なのか」

どこかぎこちない質問に、冬子はペットボトルの紅茶に手を伸ばし、一口飲んで答えた。

「二回ほど会ったことがあるわ。栞の家に遊びに行ったときに彼が帰ってきて、偶然ね。すごく大人で、穏やかな雰囲気の人だった。背は一真くんと同じか、向こうのほうが少し高いくらいかしら。顔立ちは整ってるし、工学系の研究者だから頭脳も折り紙つきだし、服装も何気におしゃれだったし。本当、栞が好きになるのもわかるなーって感じ」

「……そっか」

楢崎は頭の中で、栞の夫を思い浮かべる。

自分より九つも年上で頭脳明晰、顔立ちが整っていて、おまけに背も高いその人物は、どこかすかした雰囲気だ。

何となく、冬子から与えられたイメージを故意に捻じ曲げている感があり、楢崎はそんな自分にモヤモヤする。

(何だろう。……俺、ネガティブな感じになってるな)

冬子がスマートフォンで時間を確認し、バッグにしまう。彼女は楢崎を見て言った。

「今日は五限まで？　終わったら連絡するわね」

「ああ、うん」

「じゃあね」

トレーを持った冬子が立ち上がり、去っていく。

それを見送った楢崎は、半分ほど残っていたうどんをモソモソと口に運んだ。

（仲沢さん……大丈夫かな）

何があったかはわからないが、あまり落ち込んでないことを願ってやまない。

そう思いながら何気なく腕時計を見ると、午後の講義が始まる時刻が迫っていた。

気づけば学食内の人影もまばらになっていて、にわかに焦りをおぼえた楢崎は大急ぎで残りのうどんを口に掻《か》き込む。

そして大学が終わったあとの待ち合わせに、じっと思いを馳《は》せた。

＊＊＊

『——お問い合わせいただきました物件は、即ご入居が可能となっております。まずはご契約書類をメールで弊社までご送付いただき、こちらで審査をさせていただいてもよろしいでしょうか』

大学内の自分の部屋の中、電話越しに女性の声を聞いた匠は、パソコンの画面を見ながら言葉を返す。

「最短で、どのくらいで入居できますか?」

『ご契約までのすべての条件を満たしていただければ、本日の夜でございますね。ただしご契約者さまの三親等以内の方を連帯保証人として立てていただくか、もし連帯保証人のご用意が難しい場合は、カード審査を行っていただくことでお申し込みが可能です』

「では、カード審査でお願いします」

栞に「自宅を出る」と宣言した翌日である今日、匠が真っ先にした行動は、短期賃貸マンションの契約だった。

幸い大学は街中に近いところにあるため、そういった物件が徒歩圏内にいくつか見つかる。

電話で問い合わせをしたところ、今夜には入居が可能と言われ、諸手続きをした。

書類に不備がなければこのあと請求金額を入金し、確認が取れ次第入居となる流れらしい。

（オンラインで、契約もカード決済も全部できるのはありがたいな。便利な世の中になったもんだ）

電話を切った匠は椅子の背もたれに身体を預け、ぼんやりと窓の外を眺める。

外は曇りで、空には灰色の雲が重く立ち込め、今にも雨が降ってきそうな雰囲気だった。ここ最近続いていた灼熱《しゃくねつ》の日差しが隠れている分、湿度はあっても夏バテ気味の身体が楽に感じる。

大学近くに自宅があるにもかかわらず、こうして短期賃貸マンションを探しているのは、昨夜の出来事が原因だ。出張から帰ってきた匠は、リビングに置かれた栞のスマートフォンから、彼女に親しい異性がいる証拠を目撃してしまった。

〝旦那さん、そろそろ帰ってきた？　上手く立ち回れよ〟というメッセージはあまりにも意味深で、今も思い出すたび匠を不快にさせる。

（不快というなら、栞もそうだろうな。……彼女はきっと、俺を軽蔑しただろう）

メッセージを見た瞬間、自分でも驚くほどの嫉妬にかられた匠は、栞にひどい言葉を投げつけた。

「好きな男のところに行きたいなら、離婚してどこにでも行けばいい」でも「その前に、今まで庇護してきたご褒美に抱かせろ」——そんな自分の言葉を反芻《はんすう》し、匠は苦い気持ちで目を伏せる。

（……最悪だ）

言葉だけではなく、匠は実際に栞を抱こうとし、途中まで行為をした。

男の力で華奢な彼女の抵抗を封じるなど、苦もないことだ。栞の身体の細さ、柔らかな感触、甘い匂いなどを間近に感じ、「他の男が触れたのか」という考えに支配された匠は、触れる手を止めることができなかった。

それでも最後までする寸前にどうにか思い留まったのは、彼女の涙を見たからだ。栞の目から涙が零れるのを見た瞬間、匠は自分が彼女にどれだけひどいことをしているかに気づき、愕然とした。

強引に身体だけ手に入れても、心は満たされない。そんなことをしても虚《むな》しくなるだけだ——そう思い、行為を中断した匠は、栞に離婚届を渡して家を出てきた。

（栞はあのあと、どうしたかな。……泣いたかな）

それとも、渡した離婚届に記入しただろうか。

そんなことを考えながらため息をつき、匠は廊下に出る。すると向こうから数人の学生がにぎやかにやってきて、こちらに声をかけてきた。

「仲沢さん、もうお昼食べました？　早くしないと、午後の講義始まっちゃいますよ」

「ああ、今行くところ」

助教は教授や准教授に比べて格段に学生と距離が近く、彼らの匠に対する態度はフランクだ。

三限目には計算機プログラミングの講義の手伝いが入っていて、確かに急がなければまずい時間だった。

そのとき学生の一人が「ところで」と言って学生部屋の壁際を指差した。

「朝から気になってたんですけど、学生部屋に置かれたスーツケースって、仲沢さんのですよね？　出張の予定、何か入ってましたっけ」

「――……」

匠はチラリとスーツケースに視線を向ける。

中には当座の着替えが入っていて、自分の部屋が狭くて邪魔なために学生部屋の片隅に置かせてもらっていたが、わざわざ詳しい事情を説明する気はない。

匠はため息をついて答えた。

「……いろいろあるんだよ」

「へっ？」

「昼、行ってくる」


それから一週間、自宅を出た匠は、短期賃貸マンションと大学を行き来する日々を送っていた。

今までも充分に多忙だったが、最近はますます帰るのが遅くなり、日付が変わる時刻まで大学にいることもある。それは仕事に必要な文献が新居にないという理由があったからだが、周りにはそうした変化がばれていたらしい。

研究室のある八階の廊下を歩いていた匠は、ふと学生たちの会話を小耳に挟んだ。

「やっぱさー、仲沢さんおかしいって。前は『奥さんがご飯作ってくれてるから』って夜十時には帰ってたのに、最近は遅くまで残ってるし」

「日に日に目の下の隈《くま》が濃くなって、何となく荒《すさ》んだ雰囲気だしねー」

「そう。それに、一週間前にスーツケースを持ってきてたことあったじゃん？　あれってやっぱさ……」

物陰で会話を聞いていた匠は、ため息をつく。

（……結構見られてるもんだな）

この一週間の暮らしは、日々荒んでいく一方だ。

毎日帰りが遅いせいで、家事がままならない。昨夜も着替えがなくなったのに気づき、深夜の十二時から慌てて洗濯機を回す始末だ。

部屋には家電が完備されていたが、自炊や掃除をする余裕がまったくなく、十日足らずで部屋はコンビニ飯の残骸と洗濯物で溢れて荒れ放題になっていた。

（昔はこれでも、ひととおりの家事を自分でこなしていたはずなんだけど……要領が悪くなったんだろうか）

家事ができない理由は多忙のためだったが、一人の状況でそんなことも言っていられない。

ここにきて匠は、改めて自分が栞にどれだけ助けられていたかを痛感していた。

（……頑張ってくれてたんだよな）

学業で忙しいにもかかわらず、彼女はいつも家をきれいに保ってくれていた。

毎日丁寧に食事を作り、家中を掃除し、洗濯もこなして服にアイロンをかけ、下着や靴下も気づけば新しいものに交換されている。

匠も在宅時は率先して家事を手伝っていたが、あの家があんなにも居心地がよかったのは、ひとえに栞の努力の賜物《たまもの》だ。リビングや食卓、洗面所にいつもさりげなく花が飾られていたのを思い出し、匠は目を伏せる。

(あれから何の音沙汰もないけど、栞はまだ離婚届を出してないんだろうか)

匠が家を出て以降、栞からの連絡は一切ない。

役所に届を出したら連絡をくれるように伝えていたが、いまだにこない意味を匠は考える。

栞の中には、まだ離婚を渋る気持ちがあるのだろうか。だとしたらその理由は、一体何なのだろう。

(他に男がいるなら……俺と結婚を続ける意味なんてないだろうに)

「あっ、いたー、仲沢さん」

廊下を進み、研究室の近くまで来たところで、学生部屋から一人の院生が顔を出してこちらを見ている。

ふと我に返った匠は、彼に問いかけた。

「何?」

「須藤教授がお呼びですよ。何だかお客さんもいらしてるみたいですから、早く行ったほうがいいと思いますけど」

「客？」

（……誰だろう）

来客といってもこれといって思い当たる節がなく、匠は内心首をかしげる。

伝えてくれた院生に礼を言い、匠は教授の部屋に向かった。

「仲沢です。失礼します、……」

ノックして中に足を踏み入れた匠は、そこに思いがけない人物の姿を見つけ、言葉を途切れさせる。

スラリとした体型でありながらどこか色っぽさの漂う女性は、匠にとって見覚えのある人物だった。

（何で……）

「おお、来た。仲沢くん、待ってたよ」

デスクにいた須藤が、笑顔でこちらに手招きする。

ドアを閉めて中に入ると、彼はニコニコして言った。

「僕が今書いてる、学術雑誌向けの研究論文があるでしょ。今まで仲沢くんに作業を手伝ってもらってたけど、今回新しい助っ人が来てくれることになったんだよね」

「倉木小夜です。よろしく、仲沢くん」

匠は驚きつつ、先日研究会で会ったばかりの倉木を見つめる。気づけば疑問が、口を突いて出ていた。

「倉木は確か、どこかの企業のポスドクやるって言ってなかったっけ」

「ええ、九月からね。こっちには数日前に帰ってきたんだけど、○大の溝畑《みぞはた》教授が、こちらに口利きしてくださって。わたしが英語に精通しているから、仕事が始まるまでの一ヵ月余り、須藤教授のところでお手伝いをしたらどうかって」

匠は仕事の合間、須藤が雑誌に寄稿する学術論文の校正作業を手伝っている。

論文は英語で書かれており、和英辞典と英和辞典、それに数学辞典を駆使しての作業は骨が折れるものだったが、確かにネイティブ並みに英語を話せて専門用語がわかる者は手伝いに最適といえるだろう。

匠と倉木の会話を聞いた須藤が、ニコニコと言った。

「君たち、学部生時代に同期だったんだって？　倉木さんが勤める予定のT社はうちの大学と研究協定を結んでるし、今後も関わる機会があるかもしれないんだ。まあ、仲良く頑張ってよ」

その後、倉木は研究室のメンバーに紹介され、ハキハキと自己紹介した。

「倉木小夜です。H大の工学部を卒業後にアメリカの大学院に入り、そちらで博士号を取りました。向こうの大学で研究員として働いたあと、二年前から関西の〇大学の電子情報工学科で助教を務め、このたび期間限定で須藤教授のお手伝いをさせていただくためにこちらに来たという流れです。せっかくなのでいろいろな雑務をやらせていただこうと思っていますので、何かありましたらお気軽に相談してください。よろしくお願いします」

昔からコミュニケーション能力の高い倉木は、すぐに周りとワイワイ話し出す。それを見た匠は、小さく息をついた。

（倉木が来たなら、少しは校正作業が楽になるのかな）

他にも仕事を抱えている身としては、ありがたい話だ。

匠が学生部屋から自分の部屋に戻ろうとすると、倉木を囲む輪から一人の院生の女の子が出てくる。そして匠にこっそり話しかけてきた。

「仲沢さん、倉木さんの歓迎会をやったほうがいいと思うんですけど、どうします？」

「ああ、そっか。歓迎会……」

──すっかり失念していた。倉木がしばらくここに出入りするなら、確かにやったほうがいいだろう。

そう考え、匠は彼女に言った。

「俺が店の手配をするから、君はメンバーの出欠確認をしてくれる？　まずは教授から」

「はい、わかりました」

「えー、こちらの倉木さんはアメリカ帰りの才色兼備、これまで研究者として研鑽《けんさん》を積み、このたび我が研究室に期間限定でお迎えすることになった次第です。我が校のOGでもあり、研究のことやその他諸々の話を聞くいい機会であるわけですから、皆胸を借りるつもりで相談に乗ってもらうように。ただし、仕事の邪魔をしない程度にね。乾杯！」

「かんぱーい」

街中にある居酒屋の店内は、月曜なのに盛況だった。

メディア信号処理研究室は教授の須藤を筆頭に、総勢九名で構成されている。うち女性は一名しかおらず、男性の割合が圧倒的に多い。

彼らに囲まれた倉木は今日の歓迎会の主役で、上機嫌でビールを傾けていた。彼女は溌剌《はつらつ》として明るく、須藤や塚田を立てながら学生たちと和やかに談笑し、アメリカの研究事情の話題に花を咲かせている。

最初のビールを時間をかけて飲んだ匠は、その後ウーロン茶に切り替えた。酒好きのメンバーたちが大盛り上がりになった頃、席を立って化粧室に行く。

（これが終わったら、大学に戻って仕事しようかな）

仕事の段取りを考えながら手を洗い、店内に戻ろうとすると、化粧室の前の廊下に倉木が立っていた。

驚いて足を止めた匠は、彼女を見つめて問いかける。

「びっくりした。主役がこんなところにいていいのか？」

「ふふっ。たまたまあなたが席を立つのが見えたから、こっそりついてきちゃった」

結構な酒量を飲んでいたはずなのにあまり顔色が変わっていない倉木は、そう言って微笑む。

彼女は匠の顔を覗き込んで言った。

「仲沢くん、相変わらず飲めないままなのねえ。覚えてる？　昔、研究室の飲み会で悪ノリした先輩たちに飲まされて、バッタリ倒れちゃったの」

「覚えてるよ。あれはひどいもんだった。店に救急車を呼ばれる寸前だったたし」

今でこそ大学側もうるさくなっているが、昔はアルハラが当たり前に横行していた。

酒に弱い匠は格好の餌食《えじき》となり、洒落《しゃれ》にならない事態になりかけたものの、今となっては笑い話だ。

そんなことを思い出していると、倉木がこちらをじっと見つめて言う。

「ところであなた、何かあったの？　私と会ったのは先週の土曜だったけど、あのときより隈がひどいし、少し痩せたみたいだし」

面と向かって指摘され、匠はばつの悪さをおぼえながら答える。

「忙しくて、あまり寝てないだけだよ。別に体調は悪くない」

「あら、そう。私はてっきり、奥さんと離婚するって言ってた話が拗《こじ》れてるのかなーとか想像したんだけど」

「…………」

「図星だった？」

にんまりと笑って見上げられ、匠は苦虫を噛み潰したような顔になる。

この一週間、あえて仕事に没頭しながらも、気持ちが鬱々としてひどく落ち込んでいた。栞に好きな男がいるかもしれないという事実、そして自分が彼女にしてしまった行為は、時間が経つにつれてじわじわと匠のメンタルを削っている。

あの日、匠は必死に何かを伝えてこようとする栞を強引に抱こうとしたものの、彼女の涙を見ると行為を中断せざるを得なかった。そのくせ一人になれば栞の身体や声ばかりを思い出してしまい、そんな自分に情けなさが募る。

(馬鹿馬鹿しい。もう別れるって決めたのに、何で俺は未練がましく彼女のことばかり考えてるんだ)

そんな匠を興味深そうに眺め、倉木が言った。

「それで離婚話は、少しは進んでるの?」

「ああ。必要事項を記入した届を、もう相手に渡してある」

彼女は「ふうん」とつぶやいて顎に指を当てた。

店内の喧騒がガヤガヤと聞こえ、店員の大きな声がフロアに響いている。やがて倉木がこちらを見上げ、「うふふ」と意味深に笑った。それを訝しく思った匠は、彼女に問いかける。

「何?」

すると倉木が、笑顔で言った。

「提案があるの。あなたが奥さまと離婚するのが確定なら、また私とつきあうのはどうかなって。ね、いいでしょう?」

第七章

　七月も下旬となり、最近は気温が三十度近くで推移するのが当たり前となっている。今日も朝から快晴で、日が落ちた今も空は明るく、蒸し暑さを残した生ぬるい風が吹いていた。

　午後七時半に帰宅した栞は、玄関の鍵を開け、小さくつぶやく。

「……ただいま……」

　家の中はしんとして、人の気配はない。外よりも格段に暗い部屋の中はムッとした熱気がこもり、息苦しさに栞は眉をひそめた。

　以前この時間帯に帰ってきていたときも、家の中には誰もおらず、栞は一人だった。しかし数時間もすれば夫の匠が帰ってくるため、帰宅してからの栞は忙しく立ち動き、寂しさを感じる暇などなかった。

（でも、今は……）

　今は何時間経っても、匠は帰ってこない。十日前にこの家を出ていって以降、彼からは一切音沙汰がなかった。

栞はリビングの灯りも点けないままバッグをソファに置き、窓を開ける。サンダルを突っ掛けてバルコニーに出ると、かすかに吹き抜けた風が髪を揺らした。

(匠さん、もう帰ってこないのかな。……そんなにわたしと、離婚したいのかな)

目にじんわりと涙がこみ上げ、栞はぐっと強く手すりをつかむ。

あのとき自分は、どうするべきだったのだろう。ずっとそれを考え続けているが、十日経った今も栞は明確な答えを見つけられずにいた。

匠は「栞の気持ちがわからない」と言っていたが、それは栞にとってもそうだ。彼が何を考えているか、まったくわからない。

この三年、兄のような態度で接してきた匠は、決してこちらに内面を見せなかった。にもかかわらず、栞が楢崎とつきあっているかもしれないと誤解した途端、彼は苛立ちをあらわにした。

「この三年間君を庇護してきたご褒美に、抱かせてくれ」――そんな言葉を思い出すたび、栞の胸には痛みが走る。

(匠さんは、わたしを……嫌いじゃなかったってこと？　それともあの日わたしを抱こうとしたのは、〝妻〟が浮気していたら自分の体面が傷つくっていう、怒りからきた行動？)

確かめたいのに、匠に聞くのが怖い。

記入済みの離婚届を渡してきたことが彼の本心を物語っているように思え、群青色に変わりつつある空を仰いだ栞はポロリと涙を零した。

そもそもが気持ちを伴わない〝偽装結婚〟だったのだから、それを解消するのは正しいことなのかもしれない。

最初に離婚を切り出してきたとき、彼は「離婚すれば、君は新しい恋人を見つけていずれ幸せな結婚ができる」と言っていた。そして他に好きな人がいるのかという栞の問いを、否定しなかった。

（匠さんを縛りつけているのは……わたしのほうなのかな。だってわたしと別れたら、匠さんは他の人と幸せになれるんだもの）

だがどうしても、彼を他の人間に渡したくない。記入済みの離婚届を突きつけられた今もそんな思いが胸に渦巻き、栞は苦しくなる。

この家を出ていって以来、匠がどこにいるかを栞は知らない。おそらくビジネスホテルに泊まっているか、短期賃貸マンションを借りたのだろう。彼の部屋のクローゼットからは、夏物の服の大半とスーツケースが消えていた。

ベランダからリビングに戻った栞は、廊下に出てすぐのドアを開ける。そこは八畳の広さの、匠の部屋だった。

壁面には専門書がズラリと並ぶ大きな本棚、机の上にはデスクトップのパソコンが置かれ、機能的なワークチェアがある。

栞はグレーのリネンが掛かったベッドに歩み寄り、その上に座った。パタリと横倒しになってみると、自分とは違う匂いがする。

(匠さんの匂いだ……)

ふいに重苦しいものがこみ上げ、栞はぎゅっと顔を歪めた。

十日前、自分を押し倒してきた匠の身体は、見た目より硬くてがっしりしていた。力の強い大きな手、張り詰めた二の腕の感触や重い身体などは明らかに大人の男性のもので、彼が上に覆い被さってきたとき、このベッドと同じ匂いがふっと鼻先をかすめた。

(……嫌じゃなかったのに)

栞の意思に反して行為に及んだ匠だったが、彼の手は優しかった。

途中で匠が「可愛い」とささやいたのを思い出し、胸が切なくなる。

(別れるつもりなのに、あんなことが言えるものかな。乱暴にすることだってできたのに、匠さんはわたしを傷つけないように気遣って触れてた)

気づけば涙が零れていて、起き上がった栞は洟を啜りつつティッシュでそれを拭う。

最近は毎日、泣いてばかりだ。匠が出ていった次の日はろくに話もできないほどショックを受け、冬子や楢崎を心配させてしまった。

（こんな状態を続けていても、仕方がないのはわかってる。わたしが何か行動しないと……）

おそらくそれは離婚届に記入して出すか、匠に連絡を取って話し合うことしかないのだろう。

連絡を取ったところで、彼が話し合いに応じてくれるかどうかはわからない。もしかすると、匠はこれ以上栞と一切議論するつもりがないのも考えられる。

彼は栞と同じ大学に勤務していて、所属する研究室に行けば会えるのはわかっていた。だがその勇気がないまま、今に至っている。

匠の部屋から出ると、家の中はもうすっかり暗くなっていた。リビングの灯りを点けた栞は、離婚届をしまい込んだ引き出しをじっと見つめる。

――やはりまだ、記入できそうにない。かといって彼に直接会いに行き、再度の話し合いを持ちかける勇気もない。

（ああ、本当に八方塞がり……）

今の自分にできることといえば、匠から預かっているこの家をきれいに保つくらいだ。

そう考えた栞は引き出しから目をそらし、小さく息をつくと、家事をするべくその場から離れた。

＊　＊　＊

空は真っ青に澄み渡り、白くこんもりとした雲とのコントラストが目に鮮やかだ。降り注ぐ強い日差しは、辺りの色彩をくっきりと濃く浮かび上がらせている。

外は息苦しくなるほどの暑さであるものの、建物の内部は空調が行き届いていて快適だった。匠は大学内の工学研究院図書館で、メモを片手に書籍を探しながら顔をしかめる。

（うーん、やっぱり一冊見つからない。須藤教授のところにあるのか……）

既に手元に積み上げた冊数を見ると、げんなりする。

匠がこれからやろうとしているのは、須藤の学術論文の内容と、引用文献・参考文献を照らし合わせる作業だ。

論文の文献欄は、読者がその参考資料をすぐに探せるように記述するのが基本であり、間違いがあってはならない。

須藤が参考にした文献の大半は彼の手元にあるようだが、中には工学部の図書館から借りたものもあるという。その書籍を集め、論文に正しく引用が記載されているかをひとつひとつ精査するのが、匠に任された作業だった。

図書館のカウンターで貸し出しの手続きをした匠は、文献を手に教授室に戻る。ドアを開けると、そこには応接セットのソファに座り、英文のチェック作業をしている倉木がいた。

「おかえり。おお、結構な冊数だね」

須藤がそう声をかけてきて、匠はテーブルに文献を置きながら答える。

「教授がくださったメモの中の一冊、司書さんに調べてもらったんですが、見つかりませんでした。お手元にあるということはありませんか？」

「えっ、どうかなあ……ひょっとしたら、自宅にあるかも」

須藤がゴソゴソとデスクの引き出しの中を漁《あさ》り出す。そこで倉木が立ち上がり、プリントアウトした原稿を手に言った。

「教授、七十ページのここの言い回しなんですけど、ちょっと婉曲でわかりづらいかもしれません」

「どこ?」

「図三の、結果の部分です」

二人が言い回しの是非について話し合う傍ら、匠は付箋《ふせん》がいくつも貼られた須藤の私物の文献を開き、赤ペンを手に作業を始める。

そこで室内の電話が鳴り、須藤が電話に出た。

「はい、須藤です」

しばらく話していた彼が、やがて受話器を置く。立ち上がった須藤は、上着を手に取りながら匠と倉木に向かって言った。

「ちょっと十五分くらい席を外すから、君たちはここで作業しててくれる?」

「はい」

「わかりました」

須藤が出ていき、室内がしんと静まり返る。

匠は手元の文献に集中し、真剣な顔で原稿と見比べていた。そんな匠を、向かいに座った倉木がじっと見つめている。彼女は手を伸ばし、おもむろに匠の眉間をぐりぐりと押して笑った。

「眉間に皺《しわ》が寄ってる。もう少しリラックスしたら？」

「……触るなよ」

「あら、いいじゃない。ここは人目がないんだし」

ニコニコとした倉木は、まったく悪びれる様子がない。

匠はジロリと彼女を睨《にら》み、すぐに手元に目を伏せて言った。

「――仕事しろ」

「ちゃんとしてますー。嫌ねえ、些細《ささい》なことにカリカリしちゃって。ひょっとして欲求不満かしら」

匠は普段の温厚さを引っ込め、眼鏡の奥から剣呑《けんのん》な目つきで倉木を見つめる。

彼女はそんな視線を向けられてもどこ吹く風で、微笑んで言った。

「研究室の子たちから、いろいろ聞いちゃった。あなたの奥さん、かなり年下なんですって？」

「……君に関係ないだろ」

「それほど若い子を奥さんにしたなら、熱烈な恋愛だったってこと？　それなのに何の因果か、別れ話になっちゃってるのねえ。やっぱりあれかしら、あなたが忙しすぎて、相手が不満を抱いたとか」

「………」

「もしくは奥さんが、まったく家事をしないとか？　ほら、今どきの子って大事に育てられすぎたせいで、家事能力が低いっていうし」

倉木の発言に不快になり、匠は低く言い返す。

「彼女の家事能力は高くて、まったく不満はない。離婚の原因は一〇〇パーセント俺なんだから、滅多なことは言うな」

「はいはい。失礼しましたー」

倉木があっさり謝り、しばらく互いに仕事に集中する。やがて彼女が、原稿に赤線を引きながら再度口を開いた。

「ところでこのあいだの件、考えてくれた？」

「何を」

愛想のない匠の切り返しに、倉木はニッコリ笑って答える。

「もう一度、私とおつきあいしましょうって言った話」

倉木の言葉を聞いた匠は、チラリとドアのほうを窺う。

廊下には人の気配はなく、何の音も聞こえない。それに安堵しつつ、匠は声のトーンを落として言った。

「いつ誰が入ってくるかわからないんだから、ここでそういう話をするな。それにあれは、すぐにきっぱり断っただろ」

「えー、いいじゃない。だってあなた、どうせ離婚するんだもの」

確かにそうだが、他人に言われると癪《しゃく》に障る。

匠がチェック作業に戻るのを尻目に、倉木は赤ペンを手にニコニコして言った。

「私たち、お互いにいい大人になったんだし、昔とは違うつきあい方ができると思うの。しかも私は仲沢くんと同じ研究者同士、仕事に対する理解はばっちりよ。おまけにこれだけいい女なんだもの、かなりのお買い得だと思わない？」

匠はうんざりし、ため息をつきながら答えた。

「だからそれは、もう……」

「それに最近のあなた、どこか翳《かげ》ができたっていうか、少し荒んだ雰囲気なのが男っぽくて素敵。いつもの穏やかで無害そうな感じより、よっぽど色気があるわ」

「――……」

匠の中で、じわじわと苛立ちが増す。

これ以上職務中にプライベートを持ち込むのなら、いっそ他の場所で仕事をしてやろうか。そう考えていると、倉木が噴き出して言った。

「そんな顔しないで。もうここでは、この話題は出さないわ。その代わりと言っては何だけど、今夜飲みにつきあって」

「断る」

「ふうん、そう。じゃあ私たちが昔つきあってたこととか、あなたが今後離婚する予定だとか、研究室でペラペラ喋っちゃおうかなー」

匠が驚いて倉木を見ると、彼女は悠然と微笑む。

「周りは何て思うかしら。愛妻家で有名な仲沢くんが実は昔私とつきあってて、しかも近々離婚するだなんて。別に不法行為をしてるわけじゃないけど、あなたがこれまで積み上げてきたイメージを覆す、いい話のネタよね。でも今夜飲みにつきあってくれるなら、余計なことは何も話さない。どう？」

「…………」

匠は半ば呆れながら、目の前の倉木を見つめる。

自分のイメージなどどうでもいいと言おうとしたものの、確かにヒソヒソと噂されるのはいい気がしない。こうしてこちらを翻弄しようとする倉木に苛立ちをおぼえるが、考えてみれば彼女は昔からこんな性格だった。

「……行っても俺は飲まないからな」

ボソリとした匠の返答に、倉木はパッと目を輝かせる。

「いいわ、だって酔って潰れられても介抱なんてできないし。うれしい、何食べようかな～」

「奢《おご》る気もないから」

にべもない付け足しに、彼女が「ひどーい」と口を尖らせる。

それを聞きながら、匠は手元に視線を落とした。

（まあ、帰ったところで、荒れ放題の部屋があるだけだし。……たまにはいいか）

普段と違うことをするのも、いい気分転換になるだろう。

夜に予定ができたなら、仕事にある程度の目途をつけなければならない。とりあえず須藤の校正作業の今日のノルマをこなし、明日の演習の準備をするべく、匠は目の前の作業に集中した。

＊＊＊

週の半ばの木曜、芸術学講座ではポーランドの美術研究家を招いての特別講義が行われていた。

講師のボレスワフ・ヤブヴォンスキ氏はかつてポーランド国内の美術館館長を歴任し、現在も国際的な場でポーランドの現代美術を紹介する活動をしているという。日本では紹介されることが少ない、第二次世界大戦前後から現代に至るポーランドの前衛美術についての講演は興味深く、栞はメモを取りながら真剣に話を聞いた。

ヤブヴォンスキ氏は芸術学講座の下屋《しもや》教授の知己であり、その繋がりから、今回の特別講義が実現したらしい。夜は歓楽街で、彼を交えた懇親会が行われることになった。

「どうする、栞、行く?」

冬子に聞かれ、栞は「どうしようかな」と考える。冬子はもう参加すると決めたらしく、栞を熱心に誘ってきた。

「どうせ帰っても一人なんだし、たまにはパーッと飲んで嫌なことを忘れればいいのよ。今日のお店、ドイツ料理の専門店ですって」

「うーん、じゃあ行く」

会場となった店はドイツビールが十種類もあり、郷土料理も多く本格的だった。

ヤブヴォンスキ氏の英語を下屋教授が通訳し、ポーランドが単一民族国家なのに食文化が多民族的であることや、昨今のアートシーンについて掘り下げた話を聞くのは楽しく、あっという間に時間が過ぎる。

店の外に出たときは、午後十時を過ぎていた。木曜だが往来を行き交う人の数は多く、栞は幹事の院生が会計を済ませて出てくるのを店の前で待つ。

（家に帰っても、一人……なんだよね）

ここから自宅までは、地下鉄で三駅だ。

最近は匠のために料理をする必要がなくなったため、こうして遅くなっても誰にも迷惑をかけない。

だが家事の負担が減って自分のことだけに集中できるはずなのに、栞はまったくうれしくはなかった。

ぼんやりと往来を眺めていた栞は、ふと人混みの中に見覚えがある人物がいた気がして、目を瞠る。

（えっ……？）

「栞？」

急に顔色を変えた栞を見て、冬子が不思議そうな顔をする。

それを尻目に、栞は慌てて雑踏に踏み出し、目を凝らした。

（あれ、いない？　気のせいだったのかな……）

人が多く行き交う交差点を歩いていたのは、匠に見えた。

突然その姿に目が吸い寄せられたのだから、見間違いだとは思えない。だが酒があまり飲めないはずの彼が歓楽街にいるのも、おかしな話だ。

（それに……）

――彼の隣には、女性がいた。

スラリと背が高く、人目を引く容姿のその女性は匠にぴったりと寄り添い、かなり親しげに見えた。

だが一瞬の出来事ですぐに見失ってしまい、栞はそれが本当に匠だったのかの確証が持てず、モヤモヤする。

「栞、どうしたの？」

冬子にそう聞かれ、栞はぎこちなく答えた。

「あ……匠さんの姿が、見えた気がして。もしかしたら気のせいだったかも」

「ご主人のことばかり考えてるから、似てる人を見間違えたんじゃない？　これだけ人がいて、同じ時間に居合わせる偶然なんてそうそうないんだし」

「そうだよね……」

何となく釈然としないまま、栞は帰宅する。

人混みの中で一瞬見えた姿が、何度も脳裏によみがえっていた。

(考えてみたら……匠さん、自分から進んでお酒は飲まないけど、つきあいではちょこちょこ行ってるんだよね。わたしみたいに)

ただ、栞が見たときは大勢でいる様子はなく、女性と二人きりに見えた。

もし見かけたのが本当に匠なら、一緒にいた女性とどんな関係なのだろう。そう考え、栞は不安にかられる。

(もし匠さんに、既にそういう相手がいるとしたら――)

重い気鬱を抱えながら翌日の金曜を過ごし、五限目に博物館資料論の講義に出た栞は、午後七時半に帰宅した。

そしてマンションの集合ポストを確認し、ダイレクトメールに紛れて一通の白封筒が入っているのに気づく。

(……何だろう)

封筒は無記名で、どこから送られてきたものかわからない。

不思議に思いながら自宅に入り、リビングで中身を確認した栞は、ドキリとして息をのんだ。

(これって……)

――中には一枚の写真と、便箋が入っていた。

写真は夜にどこかで撮られたものらしく、背景が暗い。写っているのは匠と一人の女性で、女性は彼に腕を絡ませて笑っている。

(この人……ひょっとして、昨日の)

心臓がドクドクと鳴るのを感じながら、栞は便箋を見る。そこには無機質なワープロ打ちの文字で、一言だけ文章が書いてあった。

〝あなたのご主人は、浮気をしています〟

第八章

　八月の初旬に行われるオープンキャンパスは、大学に興味を持つ人々に学部の魅力を紹介し、関心を持ってもらうための重要なイベントだ。

　工学部は学部内の四つの学科、合計十六コースがそれぞれ研究パネルを展示し、ＴＡ《ティーチングアシスタント》や教員が来場者に直接説明をしたり、入試相談を受けたり、学部が誇る最先端の研究施設の見学会などを行う。

　一日目は自由参加、二日目は高校生限定のプログラムとなっており、模擬講義や研究体験ラボなど、内容は盛り沢山だ。

　週末の土曜日は授業がないが、研究室のメンバーはいつも普通に大学に出てきている。普段は自分の研究に勤しんでいる彼らだが、今日はオープンキャンパスに向けた研究パネル作りをしていて、学生部屋の床は足の踏み場もない状態になっていた。

　倉木小夜は袋を片手に、躊躇わずそこに踏み込んだ。

「皆さんお疲れー。暑いからアイスの差し入れよ」

　メンバーがわらわらと寄ってきて、「ご馳走さまでーす」と言いながらアイスを持っていく。

周囲を見回した倉木は、近くにいた学生に問いかけた。

「今日は仲沢くん、来てないの？」

「来てますよ。来月に国際会議に参加する山本《やまもと》さんの、発表原稿を見てあげてるみたいです」

「あら、そう」

ならばアイスが溶けないうちに持っていってやろうと、倉木は学生部屋を出て匠の部屋に向かう。

H大は助教でも、それぞれ一人部屋を与えられていた。教授室とは比べ物にならない狭さだが、試験問題や重要書類などを持っている関係上、学生たちの部屋とは別にするべきだというのがその理由らしい。

匠の部屋は学生が入りやすいようにという配慮なのか、在室時にはいつもドアが少し開いている。

倉木が隙間からそっと中を窺うと、プリントアウトした原稿を覗き込み、熱心に院生の相談に乗っている彼がいた。

（ふふ、頑張ってる）

倉木は微笑み、ドアを一度ノックして声をかけた。

「失礼。アイスのデリバリーはいかが？」

中にいた二人が驚いたように顔を上げ、こちらを見る。

アイスを振って見せると、彼らの雰囲気が一気に和らいだ。

「来てたのか？　土曜なのに」

匠のそんな言葉に、倉木は答える。

「ええ、皆がいるのは知ってたし。私、好きなのよ、大学のワイワイした雰囲気」

院生の山本に「どうぞ」とアイスを差し出すと、彼は「ありがとうございます」と笑って受け取る。そして匠に向かって言った。

「仲沢さん、相談に乗っていただいてありがとうございました。すごくわかりやすくて、助かりました」

「さっき言ったところ、少し直してみて。もしまだ何か聞きたいことがあったら、メールをくれれば返事をする」

「はい」

山本が「失礼します」と言って、部屋を出ていく。

彼を見送った倉木は、座っている匠を見下ろして言った。

「面倒見がいいのね。今の子たちって、夜だろうと休みの日だろうと、お構いなしにメールや電話を寄越すでしょ。まさかそれに全部返してるの？」

「うん、まあ。向こうは切実なわけだし、俺はそれが仕事だから」

倉木は「ふうん」とつぶやき、匠を見つめる。

学部生時代に同期だった彼は、端整な容貌の持ち主だ。すっきりと清潔感があり、いつもさりげなくセンスのいい服装をしている。

背は高く、しなやかでバランスの取れた体型をしていて、整った顔立ちに理知的な印象の眼鏡がよく似合っていた。

おまけに研究者としても優秀で、学生時代から国内外で研究を発表し、たびたび表彰されている。

現在もコンスタントに論文を執筆して研究予算を獲得するのに貢献しているため、将来有望な人材だといえた。

（いい男、よね……）

加えて性格も穏やかで面倒見がいいとくれば、彼に恋する女生徒の一人や二人は出てきそうだ。

ただし結婚しておらず、独身ならの話だが。

（離婚するつもりで、もう記入済みの届を相手に渡してるって言ってたけど、そこに至るには一体どんな事情があったのかしら）

再会して以降、倉木は匠への好奇心が駆り立てられてやまない。

一昨日、強引に飲みに連れ出して話を引き出そうとしたものの、匠は最初の一杯しか酒を飲まなかった。

あとはお茶で通され、結局知りたいことは何も聞き出せずに終わった倉木は、不完全燃焼な気持ちだ。

当然色っぽい展開になることもなく、その日は夜の十時過ぎにあっさり解散した。

（この人の性格だと、よほどのことがないかぎり離婚なんて選択しないと思うんだけど。そもそも結婚自体、生半可な気持ちでしなさそうだし）

そんなことを考えつつ、倉木はニッコリして言う。

「ねえ、一昨日は楽しかったわね。私、今度はワインが飲めるところに行きたいなー」

「君への義理はもう果たしたんだから、約束どおり俺のプライベートを言いふらすのはやめろよ。酒が飲みたいなら、他の人間と行ってほしい。俺は飲まないし、一緒に行くのは適任じゃないから」

「まあ、冷たい」

匠は淡々とした様子でアイスを食べている。

そこでふと思いつき、倉木は彼に言った。

「そうだ、だったらあなたの家に行って、何か作ってあげましょうか。一人で短期賃貸のマンションに住んでるなら、家庭料理に飢えてるんじゃない？　宅飲み、いいでしょ？」

自宅で手料理をご馳走するという倉木の提案を聞いた匠が、目を丸くする。

彼はすぐに苦笑いして答えた。

「いや、別に。たとえ家庭の味に飢えてるとしても、君にそういうのは求めない」

「……………」

それは一体、どういう意味だろう。

こちらの料理の腕には期待していないということなのか、それとも本当に食べたいのは、他の人間が作る料理だという意味なのか。

（まさか……奥さん？）

考え込む倉木をよそに、匠が「さて」と言った。

「俺は自分の論文を執筆するから、出てってもらっていいかな。今のマンションには必要な文献がなくて、ここでせっせとやるしかないんだ」

アイスの残骸をゴミ箱に捨てた匠が、そんなふうに言う。

倉木が鼻白んだ顔をすると、それを敏感に察知した彼が、笑ってこちらを見た。

「倉木がいろいろ学生の面倒を見てくれてるおかげで、俺はかなり助かってるよ。さっきの院生の山本、発表原稿が英語だから、時間があるときに軽くチェックしてやってほしい。もうだいぶできてるけど、君が見たらまだ直せる部分があるかもしれないし」

「いいわ、見ましょう」

倉木が肩をすくめて答えると、匠は「ありがとう」と言って微笑む。

話を切り上げて部屋を出ていこうとした倉木だったが、そこでふと彼の左手の薬指が目に入り、面白くない気持ちになった。

「離婚する」と言いつついまだに着けられている銀の指輪が、彼の未練を示しているように思えてならない。

頑ななまでに結婚生活や妻について語らないのも、過剰にガードされている気がして、つまらなかった。

（でも離婚するって言ってるんだし、気にすることないかしら。それにそろそろ、何か動きがありそうだしね……？）

楽しい想像をして、倉木はにんまりする。

そして匠に対し、愛想良く言った。

「じゃあ私、学生部屋のほうを見てくるわ。あなたは論文を頑張って」

「ああ。アイス、ご馳走さま」

匠の言葉に、「いいえ」と笑った倉木は、匠の部屋をあとにする。

外はじりじりとした夏の日差しが降り注ぎ、厳しい暑さだった。それを窓越しに眺め、倉木は鼻歌を歌いながら、学生部屋へと向かった。

＊　＊　＊

外は盛夏にふさわしい灼熱の暑さとなっていて、おまけに今日は無風の状態だ。窓を開けてもまったく涼しくはなく、扇風機から吹きつける風もひどく生ぬるい。

週末の日曜、栞はリビングのソファに寝転がり、ぼんやりしていた。

（……頭、痛い……）

朝から重い頭痛がするのは、ここ数日よく眠れないからだろうか。それとも、このうだるような暑さのせいだろうか。

栞が自宅マンションの集合ポストに投函《とうかん》されていた謎の封筒を開けてから、丸一日以上が経過していた。

無記名で、どこの誰が投函したのかわからない白い封筒には、一枚の写真と意味深な文字が書かれた便箋が入っていた。

（誰があんな写真を撮って、わざわざうちに投函したんだろう。匠さんは、本当にこの人とつきあってるの……？）

問題の写真はテーブルの上に放置されていて、栞は寝転がったままそれを手に取る。

明らかに隠し撮りとわかるその写真は、二人の姿を正確に捉えていた。匠は伏し目がちに歩き、その傍らにいる三十代くらいの女性が、彼に腕を絡ませている。

女性は肩までのサラサラの髪をしていて、髪型の一致から一昨日栞が見かけたのと同一人物だと思われた。

だとすればあのとき目撃した姿は、間違いではなかったということだ。

（……きれいな人）

女性はスラリとした体型で、大きな花柄のワンピースから覗く脚が長くてきれいだった。

肩に掛けたカーディガンからはほっそりとした二の腕が垣間見《かいまみ》え、シルバーのバングルが手首の細さを際立たせている。

顔立ちははっきりしていて、まるで女優のような華やかさを持つ美人だ。年齢相応の、いかにも女子大生な雰囲気の栞とは、まるで正反対のタイプに見える。

背が高い匠と並ぶ姿はお似合いに思え、栞の胸がズキリと痛んだ。

(わたしはどうしたらいいんだろう。素直に匠さんと離婚すべき？　この封筒を寄越した人は、それを望んでるの……？)

自宅の部屋番号を正確に知られていることに、栞は薄気味の悪さを感じる。

その相手は匠の身辺のみならず、栞の動向も窺っていて、こちらにプレッシャーを与えるためにこんなものを寄越したのだろうか。

(今もどこからか、こっちの様子を見てるのかもしれない。わたしが匠さんと別れるまで、こんな手紙を送り続けるつもりなのかも……)

ゾクリと嫌なものが背すじを這い上がり、栞は顔を歪める。

昨日は一日中悶々《もんもん》として過ごし、一歩も外には出ていない。だが大学もあれば買い物もあり、いつまでも閉じこもってはいられなかった。

しばらく迷っていたものの、結局一人では抱えきれなくなり、栞は冬子に連絡を取った。

「ごめんね。相談したいことがあるんだけど――今すぐうちまで来られないかな」

栞の口調からただならぬものを感じたのか、冬子はすぐに了承し、三十分後に自宅までやってきてくれた。

インターフォンが鳴って玄関に出た栞は、周囲を見回し、誰もいないのを確認してから彼女を自宅に招き入れる。

「わざわざ来てくれてありがとう。ちょっと、外には出たくない事情があったから……」

「それは全然構わないけど。金曜の懇親会の帰り、何だかあなたの様子がおかしいなとは思ってたのよね。で、何があったの？」

「実は、こんなものがうちに届いて」

栞がリビングで封筒とその中身を見せると、冬子はみるみる顔をこわばらせた。

「何なの、これ……どこかの誰かが、わざわざこんな写真を撮って自宅に投函したってこと？」

「うん。わたし、気味が悪くて。封筒はうちの郵便受けに入っていたから、相手は部屋番号も正確に知ってるんだと思う」

「そうよね……」

冬子はじっと考え込み、やがて自身の見解を述べた。

「少なくともこれを投函した相手は、あなたとご主人を別れさせたいと思ってるってことよね。まず犯人として考えられるのは、写真に写っているこの女性よ。彼女があなたに自分の存在を知らしめるために、わざと撮らせたものなのかもしれない」

「………」

「二つ目の可能性は、女性とはまったく関係のない第三者がいて、ご主人の身辺を探っている最中、たまたまこんな写真が撮れたのを幸いと利用しようとしている。――考えられるのは、そんなところかしら」

栞は写真を、食い入るように見つめる。

これを撮った人物は、匠と自分を別れさせようとしている。そう思うと、重苦しいものがじわじわと心を満たした。

(何にせよ、匠さんがこうしてわたしの知らない女性と腕を組んで歩いていたのは事実なんだよね)

そう考え、かすかに顔を歪めて黙り込む栞を、冬子が心配そうに見つめてくる。彼女は再び口を開いた。

「こんなものが届いた時点で、すぐに私に連絡をくれればよかったのに。ねえ栞、しばらく私の家に泊まったら？　相手は興信所か、探偵か――もしくは素人かもしれないけど、それが一番危険よ。あなたがいつまでもご主人と別れないことに、相手が逆上して襲ってくる可能性だって考えられるわ。一人だと、外に助けも求められないかもしれない」

「……うん」

結局冬子に押し切られる形で、栞は彼女の家に泊めてもらうことになった。数日分の荷物を持ってタクシーで移動する道中、冬子が眦《まなじり》を吊《つ》り上げて言う。

「ねえ、いっそあなたも興信所を雇って、こっちの身辺を探ってる人間を炙《あぶ》り出したらどうかしら。それにご主人のことも、徹底的に問い詰めたらいいわ。彼が女性と腕を組んで歩いてたのは事実なんだし、栞がとばっちりを食ってつけ狙われるのも、おかしな話じゃない」

「――……」

冬子はすっかり匠に対して不信感を抱き、「うちの父に、いい興信所を紹介してもらうわ。それに弁護士もよ」とブツブツ言っている。

栞はじっと考え込んだ。

（匠さんを……問い詰める？　知らない女性と歩いていたのは事実なんだから、離婚に向けて動いたほうがいいのかな）

しかしそれは、封筒を寄越した相手の思う壺《つぼ》にはならないだろうか。

やがて到着した冬子の自宅で、栞は彼女の両親に歓待を受けた。冬子の家は旧家なだけあって和風建築の大邸宅であり、入るのに気後れするような雰囲気だ。

詳しい事情はあえて話さなかったものの、両親は「ゆっくりしていきなさいね」と言ってくれ、一緒に取った夕食はとても豪勢なものだった。

やがて和室に布団を敷いてもらった栞は、冬子と枕を並べる。灯りを消したあと、「まるで旅行みたい」とはしゃいでいる彼女に、栞は切り出した。

「——あのね、冬子ちゃん」

「なあに？」

「わたし、あの写真を見て……すごくショックだった。わたしは匠さんと腕を組んで歩いたことなんてないのに、写真の人は当たり前みたいに彼に触ってて……嫉妬した」

冬子がはしゃいでいた雰囲気を引っ込め、神妙な顔で「そうね」と言う。

栞は天井を見上げつつ言葉を続けた。

「匠さんがあの人とつきあってるなら、たぶんわたしは早く離婚してあげるのが一番いいんだと思う。匠さんはわたしを守るために偽装結婚までして、今まで三年も一緒にいてくれた。これ以上を求めるのは……きっと贅沢だから」

――いつか楢崎に〝愛情の押しつけ〟と言われたことを、栞は思い出す。

栞が離婚を回避するためにアプローチしても、匠は一貫してそれを拒んできた。彼のそうした態度、そして自宅に送りつけられてきた写真は、栞がどう足掻《あが》こうと決して想いが届かないことを、明確に突きつけている気がした。

栞はポツリと言った。

「あのね、このあいだ楢崎さんがいたときは……あえて言わなかったんだけど」

「？　なあに？」

「匠さんとわたし――実は途中までしたの。あの人が楢崎さんとの仲を誤解して怒って、『三年も君を庇護してきたご褒美に、一度抱かせてくれ』って言って。わたし……抵抗できなかった」

栞の言葉を聞いた冬子が驚いた顔で布団に半身を起こし、こちらを見る。

「栞、それって……」

「でも、最後まではしてない。わたしがうっかり泣いたのを見たら、匠さん、途中でやめちゃって……。あのときの行為の意味を、ずっと考えてる。ただ怒ってただけなのかなとか、それとも、嫉妬するくらいにはわたしのことが好きだったのかなとか。……でも、結局あの写真が答えなのかもしれないよね。匠さんには他に大切な人がいて、だからわたしとの〝偽装結婚〟を解消したいんだって」

ポロリと涙が零れ落ち、栞は手でそれを拭う。そして深呼吸をし、はっきりした口調で彼女に告げた。

「冬子ちゃん、わたし明日、匠さんに会いに行く。それで写真のことを聞いて、結論を出す」

「……それでいいの？」

冬子が心配そうに聞いてきて、栞は頷く。

「うん。もう先延ばしにしても、仕方ないし。それに匠さん、きっと自宅を出てすごく不自由してると思うんだ。仕事で使う資料とかが、全部家に置きっ放しだから」

兄が亡くなったあと、天涯孤独になった栞は匠から安心できる生活を与えてもらった。

たとえ恋愛感情ではなくとも、普通の結婚生活とは違うものであっても、彼と暮らした三年間はとても幸せだった。だからもういい――と栞は思う。

（早く決着をつけて、あのマンションを出よう。……匠さんに、家を返してあげなきゃ）

しばらく黙っていた冬子が、やがて口を開いた。

「栞が自分で考えて決めたんなら――私は何も言わない。全部後悔しないように行動するのが、一番いいと思う」

「……うん」

「でもご主人がいなくなっても、私は栞の傍にいるから。新しい住まいが決まるまで、ここにいるといいわ。部屋はいっぱいあるし、うちの両親もあなたが遊びにきて喜んでたし」

「うん、……ありがとう」

ふいにどうしようもない寂しさがこみ上げ、栞は胸の痛みを押し殺す。

三年前、兄の櫂人を事故で失ったときもこんな寄る辺のない思いにかられ、そのときは匠が助けてくれた。だが今回は、その彼を手放さなくてはならない。

（大丈夫……誰かを失うことには、慣れてる。それにわたしには、こうして心配してくれる友達がいるんだもの）

栞が小さく洟を啜ると、冬子がティッシュの箱を手渡してくる。彼女はそれ以上何も語らず、栞を促した。

「もう寝ましょう、明日に備えて。ご主人と久しぶりに会うのに、瞼がむくんだら大変よ」

「……そうだね」


翌日は一限目がなく、栞と冬子は朝遅めに登校した。

二限目の国語学演習の授業に出た栞は、終了後の昼休み、意を決して工学部に向かう。

(匠さん、研究室にいるかな……すぐ捕まるといいけど)

彼の空いている時間といえば、昼休みくらいしか思いつかない。

他の時間帯は授業や講義の手伝い、教授に頼まれた仕事などで忙しいと思われ、休憩している昼のほうが捕まりやすいと考えた。

しかし一応はアポイントを取ったほうがいいかと考え、栞はスマートフォンを取り出す。

匠と言葉を交わすのは、約二週間ぶりだ。こちらから連絡を取って彼がどんな態度を取るかわからず、かつてないほど緊張しながら、栞は匠の番号を呼び出して電話をかける。

（……出ない）

コールは鳴るが、匠は電話に出ない。

やがて留守番電話サービスに切り替わり、栞は何もメッセージを残さずに電話を切った。

（もしかして、電話をかけてきたのがわたしだから出なかったとか……？）

チラリとそんな考えが頭をよぎったものの、彼はそういうことをするタイプではない。

連絡がつかず、どうしようか迷ったが、結局栞は駄目元で研究室に行ってみることにした。

たとえ食堂か購買に出掛けていても、きっと匠は三限目の講義の前に戻ってくるはずだ。もし昼休み中に話が終わらなかったら、また改めて時間を作ってもらうしかない。

やがて足を踏み入れた工学部は、文学部とは少し雰囲気が違っていた。さまざまな建物が連なる内部はかなり入り組んでおり、栞は迷いながら奥まったところにある情報科学研究科棟を目指す。

（ええと、メディア信号処理研究室……八階か）

エレベーターに乗って八階で降り、廊下を進む。

学生部屋らしきところに人がいるのが見え、栞は中を覗き込んで遠慮がちに話しかけた。

「あの、すみません。助教の仲沢……さんは、いらっしゃいますでしょうか」

学部生らしき同年代の男性が、「失礼ですが」と聞いてくる。栞は一瞬何と答えようか悩んだ。

（どうしよう……わたしも同じ〝仲沢〟だし）

変に誤魔化すより、正直に話したほうがいい。そう決意し、栞は答える。

「いつも主人がお世話になっております。わたしは仲沢の妻です」

「えっ、仲沢さんの奥さん……？」

学生部屋にいた者たちが一斉にこちらに注目し、ざわっとする。

皆一様に興味津々な眼差しを向けてくるのに栞が緊張をおぼえていると、応対してくれた学生が答えた。

「仲沢さんは二限目、非常勤講師の仕事でK大学まで行ってるんです。たぶん戻ってくるのは、昼休みの終わりくらいだと思うんですけど」

「えっ？　そ、そうなんですか……」

匠が外出していると知り、栞は肩透かしを食った気がした。

彼が他の大学の非常勤講師をしているのは知っていたが、まさかそれが今日だとは思わなかった。

（じゃあ、出直すしかないよね……）

そう思い、暇《いとま》を告げようとした瞬間、他の学生が話しかけてくる。

「あの、仲沢さんが戻られるまで、よかったらここでお待ちになりませんか？　ソファもありますし」

「あっ、いいえ。また出直して参りますので」

栞は気を遣ってくれる彼らに「ありがとうございます」と頭を下げ、エレベーターに向かった。

（匠さんに連絡がつかない時点で、来るのをやめればよかったのに……わたしの馬鹿）

しかも彼の職場にお邪魔するのだから、妻として手土産のひとつでも持ってくるべきだったかもしれない。

そんなふうに考えて落ち込んでいると、背後から「あの」と女性の声が響く。振り向いた栞はそこに見覚えのある人物を見つけ、顔をこわばらせた。

（この人……）

「仲沢くんの、奥さまよね？　私、須藤教授のお手伝いに臨時で研究室に来ている、倉木と申します」

「………」

「仲沢くんとは、学部生時代の同期なの。今、彼は不在だけど、よかったら少しお話しできないかしら」

倉木と名乗ったその女性は、栞の元に届いた写真の人物で間違いなかった。

彼女は写真で見るよりずっと美しく、その佇まいからは溌剌とした性格と知性が感じられる。倉木の発する生き生きとした雰囲気に、栞は気後れしていた。

（どうしよう……話って、一体何を）

「ね？　学食では何だから、ちゃんとしたお店に行きましょう」

ニッコリ笑った倉木は、ちょうどやってきた下りのエレベーターにさっさと乗り込む。そして栞に向かって、「早く」と手招きした。

強引な彼女に押し切られる形で、栞は躊躇いをおぼえつつ、エレベーターに乗り込んだ。

＊　＊　＊

K大学はH大の隣の区にある私立大学で、距離的には十二キロほど離れている。

交通機関で行くと大回りな上、乗り継ぎでトータル一時間近くかかってしまうため、匠は週に一度の非常勤講師の仕事の際は車で移動していた。

K大学での二限目の授業が終わったあと、昼休みを利用してH大まで戻るのは、時間的に結構タイトだ。

チラリと時計を見た匠は、時刻が十二時四十分なのを確認し、ため息をついた。

(大学に着くのは、十二時五十分くらいかな……昼は後回しか)

今日は朝食にパンをひとつしか食べておらず、空腹を感じるが、仕方がない。

信号待ちで車を一時停止させた匠は、スマートフォンを充電しようとポケットから取り出した。

そこで着信を示すランプがチカチカと明滅しているのに気づき、ふと動きを止める。

(……誰だろう)

何気なくディスプレイを操作した匠は、着信履歴に思いがけない名前を見つけ、ドキリとした。

（栞……）

電話をかけてきたのは三十分ほど前で、留守電は残っていない。

匠は信号が青になったのに気づき、スマートフォンを脇に置いて車を発進させつつ、じっと考えた。

（どうして電話してきたんだろう。……離婚届を提出したっていう報告か？）

彼女とは、この二週間ほど顔を合わせていない。こんなに長く離れたのは、結婚してから初めてだ。

運転中のために今は電話できない上、大学に着く頃はもう一時になる。栞には午後の講義があるはずで、匠はいつ彼女に連絡するべきか悩んだ。

（……やっぱり夜しかないかな）

もし電話の用件が離婚届を提出したという報告なら、彼女との別れは決定的だ。

今後は栞を扶養から外す手続きをし、婚姻関係を解消するに当たっての諸条件を話すくらいしか、彼女と顔を合わせる機会はないに違いない。

それで栞との繋がりは、すっぱり切れる。彼女は他の男とつきあうなり、結婚するなり、自由にできる。

しかしそう考えた途端に胸に痛みが走り、匠はぐっと奥歯を噛んだ。

離婚届を渡した時点で、こうなることはわかっていたはずだ。とっくに覚悟を決めたと思っていたのに、匠の心の奥底には今も栞へのどうしようもない恋情が燻《くすぶ》っている。そんな自分が、ひどく情けなくなった。

やがて大学に到着した匠は、一度研究室に戻る。するとそこで学生から声をかけられ、意外なことを告げられた。

「……妻が？」

「はい。十二時過ぎに、研究室に奥さまがみえたんですけど。仲沢さんが外出してるってお伝えしたら、すぐに帰っちゃいました」

――栞がわざわざ、研究室まで来た。それを聞いた匠は、ひどく動揺する。

（さっきの着信は、そのときのものか。最後に直接会って、俺と話がしたいとでも思ったのか……？）

そんな匠に気づかず、学生たちが次々に話しかけてきた。

「仲沢さんの奥さん、ひょっとして俺らと同じくらいの歳ですか？　すっげー可愛い人ですね」

「清楚でふわっとしてて、見るからにいい奥さんじゃないですか。羨ましいな〜」

そこで准教授の塚田が廊下を通りかかり、学生たちに問いかける。

「君ら全員、次の講義はないの？　もう三限が始まるよー」

学生たちはハッとした顔をし、バタバタと移動し始めた。それを見送っていた院生の一人が、「そういえば」とつぶやく。

「奥さまが帰ろうとしたとき、エレベーターのところで倉木さんが話しかけていたんです。二人で下りていったんですけど、見送りにでも行ったんでしょうか」

「――――」

倉木が栞に、話しかけていた。

それを聞いた匠は、何となく胸騒ぎをおぼえる。彼女はしきりに、匠の妻がどんな人間なのかを知りたがっていた。

結局十歳年下だということしか教えていないが、そんな倉木がわざわざ栞を呼び止め、話しかけていた理由は何なのか。

「…………」

倉木はその後、研究室に戻ってきていないようだった。

今すぐ彼女に栞と話した内容を問い質したい気がしたが、匠はこのあと応用数学演習の手伝いがある。

(あとで捕まえて……確認しないと)

一旦自分の部屋に戻った匠は、再度出て講義室へと向かう。

そして足早に廊下を歩きながら、今夜栞と連絡を取ることを考え、じっと気鬱を深めた。

第九章

——時刻は、三十分ほど前に遡《さかのぼ》る。

栞は大学構内のレストランに、倉木と二人でいた。ここは工学部にほど近い池の畔《ほとり》にあり、学生より観光客のほうが多く訪れる。

市内の老舗《しにせ》ホテルが運営していて、学食とはまったく違う本格的な洋食が楽しめる店だ。周辺は緑豊かで、一面の大きな窓の外にはまるで鬱蒼とした森の中にいるかのような眺めが広がっていた。

席に着いた途端、倉木がメニューを見ながら栞に言う。

「ここは奢るから、何か好きなものを選んでね。私は有機栽培のアイスコーヒーにしようかしら。あなたは?」

「あ……じゃあ、アイスティーで」

オーダーを受けた店員が去っていったあと、倉木が栞をじっと見つめてくる。

やがて彼女は、ニッコリ笑って言った。

「仲沢くんより十歳年下ってことは、あなたまだ二十一歳なのね。結婚してるようには、とても見えないわ。ふふっ、可愛い」

匠は彼女に、自分の年齢について話している。その事実になぜか心がチリチリするのを感じながら、栞は小さく問いかけた。

「……あの、お話って」

「仲沢くん、自宅を出てるんでしょう？　離婚の話が進んでるんですって？」

単刀直入な倉木の言葉に、栞は顔をこわばらせる。彼女が優雅に微笑んだ。

「知ってると思うけど、大学の助教ってすごく多忙なの。そのせいで恋人ができても長く続かないし、家庭もおろそかになりがちで、離婚率が高いのよ。だからあなたたちも駄目になったのかしらね」

「…………」

たとえそうだとしても、他人にとやかく言われることではない。そう考える栞をよそに、倉木が言葉を続けた。

「私と仲沢くんは学部生時代、専攻が一緒だったの。二十二歳のとき、一時つきあってたわ。私はその後アメリカの大学院に入り、帰国したあとは関西の大学で助教として働いて、つい先日こちらに戻ってきたばかりよ」

栞はドキリとして倉木を見つめた。

彼女はかつて、匠と交際していたという。そんな二人が数年ぶりに再会し、気持ちが再燃したとでもいうのだろうか。

そこで突然倉木のスマートフォンが鳴り、彼女は栞に「ちょっとごめんなさいね」と断って電話に出た。

「もしもし？　……ええ、今は大丈夫よ。……いいえ、私はまだ。あなたはもう、お昼を食べた？」

その口調は優しく、目下の者に呼びかけるような響きがあって、栞は「一体電話の相手は誰なのだろう」と不思議に思う。

やがて通話を切った倉木が、スマートフォンをクルリと反転させ、栞に待ち受け画面を見せてきた。

そこには小学校三、四年生くらいの女の子の、はにかんだような笑顔がある。栞は戸惑いながら感想を述べた。

「……あの、可愛いですね」

「ふふっ、そうでしょう？　私の娘よ」

栞は驚き、倉木を見る。

匠と同じ年齢ならば三十一歳のはずだが、彼女にはもうこんなに大きな子どもがいるらしい。

倉木はスマートフォンを自分の手元に戻しながら言った。

「学校が数日前に夏休みに入ったばかりで、お昼にはこうして連絡してくるの。なかなか一緒にいてあげられなくて寂しい思いをさせてるけど、私の宝物よ。何しろ、本当に好きな人との間に授かった子だから」

倉木の左手の薬指には、指輪がない。結婚していても指輪を着けない人は珍しくないが、栞は彼女のきれいな手を見つめて考えた。

（この人は――結婚してるのに、匠さんとつきあってるの？　旦那さんも、子どももいるのに……？）

指輪を外していることがまるで匠への気持ちを表しているかのように思え、栞の中ににじわじわと倉木に対する反感が高まっていく。

それを尻目に、彼女はアイスコーヒーを一口飲み、ニッコリ笑ってこちらを見た。

「私、結婚はしてないのよ。だからいわゆるシングルマザー。こっちに帰ってきてからは同居の母が子どもの面倒を見てくれて、すごく助かってる」

「あ……そう、なんですか」

答えながら、栞は自分の勘違いを恥じる。

てっきり倉木が不倫していると考えてしまっていたが、彼女に夫がいないなら恋愛は自由だ。匠と栞は偽装結婚で、夫婦としての実体がない。その事実を思えば、彼と倉木がつきあうことには何の問題もないように感じた。

（わたしと離婚すれば……匠さんはこの人と堂々とつきあえるんだ）

匠と目の前の倉木、そしてあの写真を送りつけてきた人物も、全員がそれを望んでいる。

そう考えるとまるで四面楚歌《しめんそか》のようで、栞は重苦しい気持ちになった。そんな栞の様子を、倉木が意味深な眼差しでじっと見つめている。

やがて彼女が、ゆっくりと口を開いた。

「私の娘、今年九歳なのよ。これまでは、私がずーっと一人で育ててきた」

「……えっ？」

「産んだのは、二十二歳のとき。――この意味を、あなたはどう考えるかしらね」

倉木の言葉を聞いた栞は、驚きに目を見開く。

しばし呆然としたあと顔を上げ、ぎこちなく彼女に問いかけた。

「あの……それって、どういう」

「仲沢くんって、優しいでしょう？　性格が穏やかで見た目もいいし、仕事でも着実に結果を出してる。忙しいことにさえ目を瞑《つむ》れば、彼はとても優良物件だと思うの。あれほど優秀なら、いずれ准教授、教授の地位だって狙えるかもしれない。でも、あなたはもう別れるのよね?」

「……それは」

ニコニコしながら言われた栞は、「そうだ」とも「違う」とも言えず、押し黙る。

倉木がアイスコーヒーをゆっくりと飲み、ふうと息をついた。そしてグラスをテーブルに置き、楽しげな顔で言葉を続ける。

「彼が昔から何でもそつなくこなす人なのは、もちろん知ってるわ。大学のときからそうで、周囲から一目置かれていたし。……そんな人だもの、例えば子どもの父親っていう役目を与えられたとしても、きっと立派にこなしてくれる。ね、そう思わない?」

「——」

栞は何も答えられない。ただ自分の心臓の音だけが、ドクドクと響いていた。

そんな様子を満足そうに眺めた倉木は、チラリと腕時計で時刻を確認し、スマートフォンをバッグにしまう。そして席を立つと伝票を手に取り、微笑んで言った。

「さて、私はそろそろ研究室に戻らなきゃ。三限目に教授の講義のお手伝いがあるの。

あなたが来たことは仲沢くんに伝えておくから、どうか気をつけて帰ってね。――じゃあ」

倉木がワンピースの裾を揺らし、優雅に去っていく。栞は席に座った姿勢のまま、じっと考えた。

(匠さんとあの人がつきあっていたのが、二十二歳のとき。……その年に、あの人は子どもを産んでる……)

――ならば倉木は、自分の娘が匠の子だと暗に告げているのに間違いない。

研究室から帰ろうとしていた栞に声をかけ、わざわざ娘の写真を見せた彼女は、その事実を教えたくてたまらなかったのだろうか。

(匠さんは、それを知ってるの？　だからあの人と結婚したくて、それで――)

目の前で、手つかずのアイスティーのグラスが汗をかいていた。

周囲では食事をする客が、楽しそうに談笑している。彼らの話し声やカトラリーが立てる音を遠く聞きながら、栞は長いこと動けず席に座り続けていた。

＊　＊　＊

講義の手伝いや学生の論文の草稿添削、それに翌週に迫ったオープンキャンパスの運営委員会に参加したりと、午後の時間帯の匠はひどく忙しかった。

ようやく研究室に戻ってきた午後八時頃、学生部屋にいる倉木の姿を目撃した匠は、周りの目がこちらに向いてないタイミングを狙って彼女に声をかける。

「倉木、ちょっと」

手招きして物陰に呼ぶと、彼女は少し面倒そうな顔でやってくる。

「なあに？　私、そろそろ帰ろうかと思ってたんだけど」

「今日の昼、俺の妻が研究室まで来たって学生に聞いた。倉木が声をかけてたみたいだって言ってたけど、彼女と一体何を話したんだ？」

匠の問いかけに倉木は眉を上げ、そして笑う。

「あら、聞きたいのはそのこと？　奥さま、すごく可愛い人ね。研究室の子たちが色めき立ってたわ」

「………」

「仲沢くんの代わりに、彼女とレストランでお茶したの。ピュアで清純そうで、正直あなたがあいうタイプと結婚するなんてすごく意外よ。仲沢くんにはもっとしっかりした、理知的な人が似合うと思ってた」

倉木は揶揄するようにそう言い、言葉を続けた。

「何を話したのかを知りたいなら、私じゃなく奥さまに直接聞けばいいのに。彼女、あなたと話したくてわざわざここまで来たんじゃないの？」

わざと煙に巻くような倉木の言い方に、匠はじわりと不快になる。

彼女はそんな匠の顔をしばらくじっと見つめていたが、やがてふっと笑った。そして下から覗き込み、明るい口調で言う。

「やあねえ、そんなに怒らないで。別にたいした話はしてないわよ。一緒にお茶をして、私のプライベートなことをちょっと話しただけ。ほんの十分くらいだし」

「君のプライベート？」

「そ。公表してない、すっごい話をね。さて、私はもう帰るわ。このあと人と会う予定があるの」

倉木はスカートの裾を翻し、「じゃあ、また明日ね」と言って去っていく。

匠は眉をひそめてそれを見送った。

（どうして倉木が、初対面の栞に自分のプライベートを話す必要があるんだろう。

……結局話の内容もわからなかったし）

〝公表していない、すごい話〟というのが、妙に引っかかる。

匠が二人の会話の内容を知ろうとしたのは、栞が離婚届を出したかどうかが気になっていたからだ。

自宅を出て以降、栞がこちらに連絡をしてくるのは届を出したあとだと考えていただけに、匠はひどく落ち着かない気持ちになっている。

(ここまで来たんだから、もう腹をくくらなきゃいけないのにな。……何で俺は、「まだ出してなければいい」なんて考えてるんだろう)

離婚届を提出されてしまえば、栞との繋がりはなくなる。

そんな当たり前のことを考えた途端、重苦しいものが心を満たし、匠は午後中ずっと胃がキリキリしていた。

彼女の身体を無理やり奪おうとした前科がある以上、離婚後に栞に関わることは無理に違いない。

今までの生活の中に普通にあった、彼女の笑顔を見ることも、無防備な姿を見ることも、何気ない会話をして笑い合うことも、すべてなくなる。

(俺はそれでいいのか? ……栞が俺の知らないところで、他の男と暮らしても)

匠は自分自身に問いかける。

彼女に他に好きな男がいるなら、手を離してやることが最善だと匠は考えていた。

偽装で結婚した関係を、ずっと続けていくのは無理だ。匠は栞に対する恋愛感情があったが、彼女のほうにはおそらくない。

そんな状況でこちらの好意を押しつければ、栞は自分の気持ちを抑えてそれに応えるかもしれないという懸念があった。

だが匠が熟考の末に切り出した離婚を、栞は当初頑なに拒否していた。回避するためにあらゆる手を尽くしてこちらを翻弄してきたのは、ただ離婚に対する抵抗と罪悪感があるからだと思っていた。

(でも……)

そうではない可能性について、匠は考える。

栞が離婚を拒否したのは、彼女なりに今までの生活に幸福を感じていたのが理由だとしたら。そして性的な接触をしてきた理由の中に、少しでもこちらに対する好意が含まれていたとしたら——。

(……俺は……)

それは今まで、あえて考えないようにしていた可能性だった。

自分勝手な思い込みで希望を抱いても、実際はそうではない場合のほうが多い。だからこそそんな解釈を排除し、粛々と離婚するべく話を進めてきたつもりだった。

栞がこちらに連絡をしてきたのなら、既に離婚届を提出したからだと考えるのが正しいだろう。他ならぬ匠自身が、そうするように彼女に要請したからだ。

だがもしそうではないのなら――と匠は考える。

(最後にちゃんと……栞の気持ちを聞いてみてもいいのかもしれない。どんな気持ちでこの三年を過ごしてきたのか、……あの性的な接触の意味は何なのか)

そして匠は、先日の無理やりな行為を栞に謝るつもりでいた。

これまで栞に対する恋情を抱えていても、匠は己を律し、決して気持ちを悟られないようにしていた。そうして信頼を積み上げてきたにもかかわらず、最後の最後で彼女に醜い八つ当たりをしてしまった自分を、匠は深く恥じる。

(いつ連絡しようかな。先延ばしにしていても、仕方がない。――今夜にするか)

一度腹をくくったら、決断は早かった。

今日はこのあと、まだ片づけなくてはならない雑務が残っている。それが終わったら、短期賃貸マンションではなく、栞がいる自宅に帰る。そして彼女と話をしよう――

そう決意し、匠は仕事をするべく、自分の部屋に向かって踵を返した。

＊　＊　＊

大きなBGMが鳴り響くダイニングバーの店内は、おしゃれで女子が好きそうなソファ席が多く、週初めであるにもかかわらず客が多い。

そこに呼び出された楢崎は、目の前に座る栞を見つめて驚きの声を上げた。

「はあ？　隠し子？」

するとワイングラスを持った栞が小首をかしげ、何ともいえない表情で笑う。

「そうです。びっくりですよねえ」

「びっくりって……ちょ、大丈夫？　まさかもう酔ってんの？」

「酔ってないですよー、わたし、お酒は強いので」

楢崎は戸惑い、栞の隣に座る冬子を見やる。

彼女が小さく息をつき、困った顔で言った。

「この子、確かに普段はお酒に強くて、全然酔わないんだけど。……今日はちょっとキてると思うわ」

冬子の言うとおり、栞はかなり酩酊している状態で、楢崎は呆れて押し黙る。

（俺が来るまで、一体どれだけ飲んでたんだよ……）

楢崎が栞に会うのは、約一週間ぶりだ。

冬子から二人きりで会うことに釘を刺されて以来、楢崎は意図して栞に会う回数を減らしていた。

（俺のメッセージが原因で、旦那さんとの仲がやばくなったって聞いたらな……。責任を感じるし）

楢崎が軽い気持ちで栞に送ったメッセージが彼女の夫の目に触れてしまい、結果家を出ていかれてしまったと聞いたのは、七月の中旬の話だ。

前夜、夫とひどく言い争ったという栞は可哀《かわい》そうになるほど憔悴していて、楢崎は責任を感じずにはいられなかった。

それからは大学でたまに会って日常会話をする程度に留め、楢崎は栞の夫婦問題からは一歩引いた位置にいた。それは喧嘩の原因になった自分がこれ以上出しゃばるべきではないと考えたからだが、実は他にも理由があった。

（まあ、それを口に出すつもりはないけど……）

しかし今の言葉だけは、聞き捨てならない。

今日の楢崎はオープンキャンパスの準備のために大学に居残りをしていて、栞から突然連絡を受けたときは午後八時を過ぎていた。

彼女はにぎやかなところから電話をかけてきていて、いつになく明るい口調で「今飲んでいるので、楢崎さんも来ませんか」と誘ってきた。

途中で電話を替わった冬子に店の住所を聞き、八時半に駆けつけたときには、既に栞は酔っていた。そうして告げられたのが、「夫に隠し子がいた」という発言だ。

楢崎はやってきた店員にビールを頼み、テーブルに身を乗り出して言った。

「ちゃんと俺にわかるように説明してよ。しばらく会わないうちに、一体何でそんな展開になってんの?」

「それはね、一真くん」

栞に代わって、冬子が説明をする。

――夫が自宅を出ていく際、記入済みの離婚届を置いていったが、栞はなかなかそれを提出できずにいたらしい。だが先週の金曜、芸術学講座の懇親会で訪れた歓楽街で、彼女は夫らしき人物が女性と一緒にいる姿を目撃したという。

「でもはっきりとは確認できなくて、気のせいだと思ったらしいの。でもその翌日、自宅マンションの集合ポストに無記名の封筒が入っていて」

中には女と腕を組んで歩く夫の写真、そして〝ご主人は浮気をしています〟というワープロ打ちの文章が書かれた便箋が入っていた。

「何だよ、それ……」

楢崎は驚き、冬子に言う。

「それって仲沢さんに対する脅迫じゃん。〝早く旦那と別れろ〟っていう」

「ええ。栞は最初一人で悩んでいて、日曜になってようやく私に連絡を寄越したの。わざわざマンションの集合ポストに直接投函しているのが気持ち悪いし、部屋番号も正確に知られてる。ひょっとしたら身辺を探っている輩《やから》が近くにいるかもしれないから、一人でいるのは危険だと思って、昨日から私の家に泊まってもらってるわ」

「――そんな大変なことが起こってるのに、何で俺に連絡しないんだよ」

思わず舌打ちして低い声で言うと、冬子がびっくりしたように目を丸くする。

楢崎はすぐに我に返り、彼女に謝った。

「あ……ごめん。つい、きつい言い方をして。それで？」

「それが昨日の話なんだけど、栞はご主人と直接話をするために、今日工学部に行ったのよ」

「工学部？」

「あ、言ってなかったかしら。栞のご主人はうちの大学の工学部の、助教をしているの」

「…………」

また新しい情報が出てきて、楢崎は驚く。だが今追求するところはそこではないと考え、冬子に続きを促した。

結果聞いたのは、夫と栞はまだ直接会って話していないこと、写真の女性は大学関係者で、夫のかつての交際相手だったこと。そして彼女の子どもが、どうやら夫の隠し子らしいという話だった。

「……こう言っちゃ何だけど、最低だな」

楢崎が吐き捨てる口調で言うと、冬子はチラリと栞のほうを見やる。そして楢崎をたしなめてきた。

「一真くん、少し言葉を抑えてね」

「だってそうだろ。俺と仲沢さんの仲を邪推しておきながら、自分には隠し子がいたなんて最低だよ。たとえ偽装結婚とはいえ、妻のほうにばかり貞節を求めるなんておかしいんじゃないの？」

「ええ、まあ」

するとそれまで話すのを冬子に任せ、ずっと酒を飲み続けていた栞が、口を開いた。

「いいんです、楢崎さん。匠さんを縛りつけて、あの人の優しさに甘えてきたのは……わたしのほうなんですから。だから匠さんを、もう解放してあげるべきなんです」

「でも」

「わたしたちには身体の関係はなくて、夫婦といっても形だけのものでした。たとえ匠さんに今、つきあってる人がいても――過去の交際相手にさえも、わたしには嫉妬する権利がないんです」

大きな音量でBGMが鳴り響く中、やるせない表情で笑う栞が痛々しく、楢崎は顔を歪める。

彼女にこんな顔をさせる夫が心底憎らしくてたまらず、気がつけば楢崎は栞に向かって言っていた。

「そんなに無理しなくていいよ。だって仲沢さん、旦那さんを振り向かせるために、すっごく一生懸命だったじゃん。好きなんだから、嫉妬くらいしたっていい。そういう気持ちすら我慢しちゃうのは、苦しいよ」

「――……」

楢崎の言葉を聞いた栞が瞳を揺らし、小さな声で言う。

「でも――匠さんはうちの兄への義理立てのために、戸籍すら汚して」

「汚すなんて言い方はやめなって。仲沢さんより十も年上の男が、自分の意思で決断したことだよ？　誰かに強要されたわけでもあるまいし、そんなに何もかも自分のせいだと思わなくていいんだってば」

楢崎は栞のほうに腕を伸ばし、彼女の頭に手を置く。手のひらに柔らかな髪を感じながらポンポンと優しく叩き、しみじみと言った。

「……離婚しないために、ほんとに一生懸命頑張ってたのにな」

「……っ」

「仲沢さんがどんなに頑張ってたかは、俺と冬子ちゃんが知ってるよ。でも、もうすっぱり旦那と別れて、楽になっていい。それでもっと仲沢さんのこと大事にしてくれる男と、恋愛すればいいんだよ」

栞の目からポロポロと涙が零れ、それを見た楢崎は苦笑いして手を離す。

そして自分の服の袖で彼女の頬をグイッと拭い、自分のビールグラスを持ち上げて言った。

「さあ、飲も。今日はとことんつきあってやるから」

「……はい」

第十章

フワフワとした酩酊は心地よく、周囲のざわめきが遠く聞こえる。

今までよくわからなかった〝酒に酔う〟という感覚はこんなにも気持ちいいのだと、栞は今夜初めて知った。

（ああ、ずーっとこのままフワフワしていたら、嫌なことを考えなくて済むのにな……）

テーブルの上には、たくさんの空いたグラスが置かれている。

いつのまにか姿が見えなくなっていた冬子が戻ってきて、栞に声をかけた。

「栞、大丈夫？　会計を済ませてきたから、もう帰りましょう」

「……帰る……？」

「あなた、いくら何でも飲みすぎなのよ。もう、一真くんが次々に飲ませるから」

「いいじゃん、今日くらい」

冬子が楢崎に言い返している傍ら、栞は今日こんな形で飲み会になった経緯を、ぼんやりと思い出していた。

――匠に会いに訪れた研究室で、栞は写真の女性に声をかけられた。そして彼女の娘が匠の子であると、遠回しに告げられた。

思い出すとじんわり涙がこみ上げてきて、栞は手近にあったグラスの中身を勢いよく飲み干す。冬子が「栞、もうやめなさい」と叱りつけてきたが、栞は音高くグラスをテーブルに置き、彼女に向かって言った。

「――冬子ちゃん、わたし、今日は冬子ちゃんのおうちには行かない」

「えっ？」

「自分の家に帰る」

栞の言葉を聞いた冬子が、慌てて言った。

「何言ってるの、あなたの身辺を嗅ぎ回ってる人間がいることを忘れたの？　事態が収束するまで、あのマンションには近寄っちゃ駄目。私の家に、一緒に帰りましょう」

冬子が言い聞かせる口調で語りかけてきたが、栞は首を横に振る。

「ううん。わたし、もうすぐ離婚して、あそこを出ていかなきゃいけないでしょ？　だからこそ、今日は帰りたいの。……匠さんの匂いが残ってる家で、残りわずかな時間を過ごしたいの」

「栞……」

「馬鹿だよね。この期に及んでも、まだ好きだなんて」

いつまでも匠を諦めきれない自分の弱さが、嫌になる。

だが離婚を決断したところで、すぐに気持ちを切り替えられるわけではない。するとそれまで黙って話を聞いていた楢崎が、口を開いた。

「俺が送っていくよ。マンションの玄関まで一緒に行けば、誰も手は出せないだろ」

「一真くん……でも」

「大丈夫。任せてよ、ね？」

冬子は物言いたげな顔で楢崎を見つめていたが、やがて深くため息をつく。

「わかったわ。くれぐれも気をつけてね」

「ＯＫ。じゃあ仲沢さん、行こうか」


飲んでいた場所は大学から地下鉄で一駅で、自宅まで歩くと二十分ほどの距離だ。

栞が「酔い醒ましに、歩いて帰りたい」と提案すると、楢崎は苦笑いして答えた。

「はいはい。お姫さまの仰せのとおりに、徒歩でお送りしますよ」

見上げた藍色の空には無数の星がきらめき、きれいだった。

昼の暑さを残す湿度のある風が吹き抜け、ワンピースの裾をかすかに揺らす。栞は酔いが残る頭で中天を見つめ、ひときわ明るい星を指差した。

「楢崎さん、あれ、こと座のベガですよ。一等星」

「へえ、そうなの？」

「別名〝織姫星〟です。その少し南東にある明るい星が、わし座の一等星アルタイル。別名〝彦星〟」

ベガから北東にあるデネブを繋げれば、夏の大三角の完成だ。

栞の発言を聞いた楢崎が、「ふうん、詳しいね」と言う。栞は歩きながら星を眺め、ぼんやりと考えていた。

（あの彦星と織姫は、言うなれば匠さんと倉木さんかな。……倉木さん、娘さんのことを「本当に好きな人との間に授かった子だから」って言ってたし）

九年間、倉木がなぜ一人で娘を育ててきたのかは、栞にはわからない。

だがこちらに戻ってきたのは、おそらく子どもの父親である匠と一緒に暮らしたいという考えがあってのことなのだろう。

（わたしは二人にとって、邪魔者ってことだよね。……だから匠さんを解放してあげ

ないと）

月曜の夜十時、車道に車の通りはそこそこあっても、往来は人が少ない。

楢崎と並んで歩道を歩きながら、栞はポツリと言った。

「楢崎さん、今日はいきなり呼び出してすみませんでした。しかもわたし、みっともなく酔っちゃったりして」

「ん？　いいよ。呼んでくれて、俺はうれしかったしさ」

楢崎が笑い、伏し目がちに言った。

「ほら、旦那さんが出ていくきっかけになったのって、俺が送ったメッセージだったじゃん？　責任感じてたんだよね、俺が仲沢さんの努力を無にしちゃったんじゃないかなーって」

「そんなことないです。たぶんあれがなくても、遅かれ早かれこうなってたんだと思います。……匠さんの離婚したいっていう意思が、はっきりしてたから」

それなのに栞は、頑張れば匠の気持ちを自分に向けられるかもしれないと考えていた。他の女性の元に行きたい彼を、何とか力技で押し留めようとしていた。

だがそれも、もう終わりだ。栞は匠と離婚し、彼は倉木と娘のところに行く。楢崎が口を開いた。

「正直俺は、旦那さんに対して怒ってるよ。仲沢さんに〝妻〟らしい振る舞いを求めておきながら、自分は女と歩くわ、隠し子がいるわなんて、すげー勝手だと思う」

「……楢崎さん、それは」

「こんな形でばれるまで、自分から子どもの存在を仲沢さんに明かさなかったことも。……彼が仲沢さんの痛みに鈍感で、イライラする」

「………」

楢崎が匠に対する不満を口にするたび、栞は何ともいえない気持ちになる。

普段は優しい彼がここまで言うのはよほどのことだと思いつつも、匠を擁護したい思いにかられてしまう。だがそんな自分を、ひどく優柔不断に感じた。

(馬鹿だなあ、わたし。……実は冷静に状況を見られてないのかな)

先ほど心配してくれる冬子をよそに、「自宅マンションに帰りたい」と我儘を言ったのもそうだ。

離婚を決断したと言いつつ、いつまでも未練がましい行動ばかりを取っている。栞は顔を上げ、楢崎に謝った。

「今までたくさん相談に乗ってもらって、すみませんでした。結局楢崎さんのアドバイスは生かせなかったけど、すごくありがたく思っています」

たまたま冬子から紹介されただけの臨時的なアドバイザーだったにもかかわらず、彼は親身になって相談に乗ってくれた。

するとと栞の言葉を聞いた楢崎が、ボソボソと歯切れ悪く答える。

「あー、まあ、俺は別に。……途中からは、好きで首を突っ込んでたわけだし」

「えっ？」

「何でもない」

それから自宅マンションまでの道中、楢崎は友人の馬鹿話をして栞を笑わせてくれた。

今までこんな異性の友人がいなかった栞は、彼の存在をありがたく感じる。

（楢崎さん、本当にいい人だな。こんなに気配りができるんだから、きっとつきあう女の子は幸せだよね……）

そういえば彼の恋愛事情は、これまでまったく聞いていていない。

ふと興味を抱き、楢崎に聞いてみようとした瞬間、彼が「あのさ」と切り出した。

「もう一度だけ、確認したいんだけど。仲沢さんは旦那さんと別れるの、もう確定なんだよね？」

「はい。……そうすることが、一番いいと思ってます」

栞の答えを聞いた彼は、一瞬沈黙する。

そしてマンションのエントランス前で歩みを止めて言った。

「じゃあ言わせてもらう。――仲沢さん、旦那さんと離婚が成立したら、俺とつきあおう」

「えっ？」

「今まではあくまでも仲沢さんが〝旦那さんが好きだ〟っていうスタンスだったから、気持ちを自覚しても言うつもりはなかった。でも実は旦那さんに隠し子がいて、それに傷ついて泣いてるのを見たら……我慢してるのが馬鹿らしくなった」

楢崎の眼差しは真剣で、栞はのまれたように彼を見つめる。

あまりの展開に頭がついていかず、何も答えられずにいると、楢崎が畳みかけるように言葉を続けた。

「仲沢さんの真っすぐで一途なところや、ふわっとした笑顔や……一生懸命なところが、気づいたら好きになってた。すぐに旦那さんを忘れることはできないかもしれないけど、俺は絶対に仲沢さんを裏切らないし、寂しい思いはさせない。だから『はい』って言ってほしい」

「あ、あの、楢崎さん、わたし――……ぁっ！」

いきなり強く腕を引かれ、栞は彼に抱きしめられる。

匠とは違う体格と匂いに、頭が沸騰しそうになった。楢崎の力は強く、栞の上体がきつく締めつけられる。

栞は動揺しながら言った。

「な、楢崎さん、離して……っ」

「嫌だ」

「こ、困ります。わたし、楢崎さんのこと……っ」

そのとき突然、楢崎の身体が後ろに強く引かれ、栞から引き剥がされる。

彼の背後に見知った顔を見つけた栞は、驚きながら声を上げた。

「た、匠さん？」

「えっ？」

楢崎がびっくりした顔で、自分の肩をつかんだ相手を振り向く。

そこにはどこか不機嫌そうな表情の、匠が立っていた。

「──人の妻に、軽々しく触らないでくれるかな」

栞はここに匠がいることに、心底驚いていた。

彼が自宅マンションに帰ってくるのは、実に二週間ぶりだ。今日は電話への返信もなく、連絡を取ろうとしたこちらの行動は完全に無視されているのだと、栞は半ば諦めていた。

楢崎は目の前にいる男が栞の夫だと気づき、一瞬たじろいだ様子を見せる。しかし彼はすぐに眦を吊り上げて言った。

「あなたと彼女は……もう離婚するつもりなんですよね。だったら俺に『触るな』なんて言う権利はないんじゃないんですか」

「そうかな。今はまだ、俺の妻だ。権利なら充分にあると思うよ」

匠が至って冷静に言葉を返す。

それは栞の耳によく馴染んだ彼のいつもの口調で、気づけばじんわりと目が潤んでいた。

(匠さんが……帰ってきてくれた)

だがこの状況は、最悪だ。

楢崎との仲を誤解して出ていった匠は、おそらくたった今栞が彼に抱きしめられていたのを見て、「やはり」と確信を深めたに違いない。

そしてわざわざマンションに帰ってきたのは、離婚の話に決着をつけるために決まっている。栞は匠の顔を見た瞬間の安堵が、みるみる萎《しぼ》んでいくのを感じた。

そんな栞の目の前で、楢崎が言った。

「そもそもあなたは、かなり自分勝手じゃないですか。彼女がどんな気持ちで離婚を拒否したのか、考えたことがありますか？　それなのに自分はやりたい放題に振る舞ってて、最低ですよ」

「――――」

匠は何か言いたげな顔をしたが、栞をチラリと見やり、小さく息をつく。彼は楢崎に向き直ると、淡々と言葉を返した。

「栞の気持ちは、これから俺が直接聞く。部外者の君には関係がないから、悪いけど帰ってほしい」

匠がおもむろに腕を伸ばし、栞の手をつかむ。

ドキリとして息をのむ栞をよそに、彼は手を繋いだまま大股でマンションのエントランスに向かい、慣れた手つきでオートロックを解除した。

そしてチラリと楢崎を振り返り、冷ややかに告げる。

「ここまでこの子を送ってくれて、ありがとう。――気をつけて帰って」

＊　＊　＊

――時は、十分ほど前に遡る。

いろいろと煩雑な仕事をこなした匠が大学を出たのは、午後十時を過ぎていた。外に出た途端、夜とは思えない蒸し暑い空気が全身を包み込み、匠は顔をしかめながら門に向かって歩く。

確か学生の一人が、「今夜は気温が下がらず、熱帯夜になる」と言っていた。

（結構遅くなっちゃったな……）

こちらの門を通るのは、二週間ぶりだ。

短期賃貸マンションとの行き来には別の通用門を使っていたため、自宅マンションに向かう道順がひどく久しぶりに感じる。

歩きながら、匠は突然帰宅したら栞はどんな顔をするだろうと考えていた。前回のことがある分、やはり怯えた顔をするだろうか。しかし一方で、もしこちらに対して怒りがあるなら、わざわざ研究室まで会いに来たりしないだろうとも思う。

（栞に判断を丸投げして、今まで話し合いから逃げていたんだから……俺は狡《ずる》い男だよな）

これまでは、栞の本当の気持ちを聞くことが怖かった。

だが今日こそは本音で話し合い、その結果が離婚になるなら、潔く受け入れようと考えている。

約十分の道のりを歩く道中、人の姿はまばらだった。やがて行く手に自宅マンションの明るいエントランスが見えたとき、匠はふとその手前で話をしている男女がいることに気づく。

（あれは……）

女性のほうは、栞だ。

白いノースリーブのワンピース姿の彼女は、同年代に見える若い男と話をしている。男のほうが熱心に語りかけ、栞は少し困っているような雰囲気だった。

それを見た匠は、その男がいつか栞のスマートフォンにメッセージを送ってきた相手ではないかと思い至った。

（確か……楢崎とかいう名前の）

ザラリと不快な気持ちがこみ上げ、匠は顔を歪めた。

あのときの男が今もなお栞に関わり、親しくしている。その事実はどす黒い嫉妬の感情となって心を埋め尽くそうとしたものの、すんでのところで理性がブレーキをかけた。

（落ち着け。冷静に対処しないと、前回の二の舞になる）

匠がそうして自分を律している一方で、二人の会話は続いていた。

やがて男が栞を引き寄せ、強く抱きしめる。栞が嫌がるそぶりで抵抗していたが、男は彼女を離さなかった。

それを見た瞬間、一気に頭に血が上った匠は、大股で二人に近寄って男を引き剥がしていた。

「――俺の妻に、軽々しく触らないでくれるかな」

匠の顔を見た栞は、泣きそうな表情になっていた。

男のほうは彼女と年齢の変わらない、いかにも女子受けしそうな優男だ。彼は匠への対抗意識を隠さず、「離婚するつもりなら、自分に『触るな』と言う権利はない」と食ってかかり、最後には「自分はやりたい放題に振る舞ってるくせに、最低だ」と激しく詰ってきた。

（やりたい放題？……一体何のことだろう）

思い当たるのは、行為の未遂と家を出たことだ。

詳しく聞きたい気がしたが、まずは栞と話すのが先決だと思い、匠は彼に帰るように告げてマンション内に入った。

「――……」

　匠と栞は、手を繋いだままだ。彼女がモゾリと居心地悪そうに動かしたが、匠はあえてそれに気づかないふりをし、エレベーターを待つ。

　やがて目の前でドアが開き、中に乗り込んだ匠は六階のボタンを押した。上昇を始めた箱の中、前を向いたまま栞に問いかける。

「――今日、うちの研究室まで来たって聞いたけど」

「は、はい」

　栞の手がビクッと震え、匠はわずかに力を込めてそれを握る。そして努めて穏やかに言った。

「外出してて、いなくてごめん。K大学まで行っていて、戻ってきたのは昼休みが終わるギリギリだった」

「あ……研究室の人が、そう教えてくれました。ちゃんと匠さんの都合を聞いてからにすればよかったのに、いきなり行ったりしてすみません」

「いや」

　そこでエレベーターの上昇が止まり、匠は廊下を進んで自宅に向かう。久しぶりの我が家は、以前と変わらない様子で匠を迎え入れた。

蒸し暑いリビングの中に入った栞が、普段あまり使わないクーラーの電源を入れる。やがて冷風が出てきたところで、彼女はソファに座る匠の隣に腰掛け、こちらに向き直って言った。

「あの……今日匠さんの研究室に行ったのは、話がしたかったからなんです。最後に直接顔を見て話すべきだと思って」

〝最後〟というフレーズに、匠はピクリと反応する。

やはり栞は、もう離婚届を出してしまったのだろうか。その上で先ほどの男と一緒にいたのかと思うと、抑え込んだはずのどす黒い嫉妬の念がじわじわとよみがえってくる。

匠は低く言った。

「それは離婚の件で？　——俺と別れたら、さっきの男とつきあうつもりなのか」

「ち、違います」

「でも、マンションの前で抱き合ってただろう？」

「抱き合ってなんかいません。突然引き寄せられて、必死で抵抗していたところに、匠さんが来たんです」

二人の間に、重苦しい沈黙が満ちる。

確かに先ほどの彼女は、相手に抵抗しているように見えた。だが匠は、何をどう考えていいのかわからなくなっている。

やがて栞がぎゅっと拳を握り、押し殺した声で言った。

「わたしばっかり責めますけど――匠さんはどうなんですか」

「俺が何？」

「わたしと別れて、つきあいたい人がいるんでしょう？」

意外なことを言われ、匠は咄嗟に何も返せず言葉に詰まる。すると栞が突然立ち上がり、リビングの棚の引き出しから一通の封筒を取り出した。

渡された封筒には、匠と倉木が腕を組んでいる写真、そして浮気を示唆する文面の手紙が入っている。

それを見た匠は、目を瞠った。

「これって……」

「金曜日の夜、うちの郵便受けに投函されてました。それで匠さんに真偽を問い質したくて会いに行ったら、研究室にいなくて……。代わりにその写真の女の人が、話しかけてきたんです」

写真の人物は、倉木だ。匠の脳内でさまざまなパーツが繋がる中、彼女が言った。

「その女性から、聞きました。匠さんとその人、学部生時代につきあってたそうですね。彼女が今一人で育てている娘は、匠さんの子だって言ってました」

「……は？」

あまりに思いがけないことを言われ、匠は呆気に取られる。

栞がいつになく激しい口調で言った。

「だからわたし、自分が身を引くべきだって思ったんです。だってわたしと匠さんは、好き合って結婚したんじゃない。匠さんが、わたしのために……偽装でしてくれたものなんだもの」

彼女の目からポロリと涙が零れ、匠は焦りをおぼえる。

努めて落ち着こうとしながら、栞に向かって言った。

「待ってくれ、きっと何かの間違いだ。確かに彼女とは昔つきあっていたけど、ほんの二ヵ月くらいの話だし、子どもの話は一度も聞いたことがない」

「でもあの人、出産したのは二十二歳のときだって言ってました。『本当に好きな人との間に授かった子だから』って」

「――――」

匠は信じられない思いで、彼女の話を聞く。

倉木とは先日数年ぶりに再会したばかりだが、彼女に子どもがいたこと自体知らない。事あるごとに復縁を匂わせられているものの、最初から一貫して断っている。

（……どういうことだ）

自宅にこんな写真と手紙を投函されたことといい、子どもの話といい、何か策略的な臭いがする。

匠は栞に向き直って言った。

「彼女の子どもの件、俺は本当に何も聞いてないし、手紙の件もタイミング的に悪意を感じる。今の時点で、俺の身の潔白ははっきりと証明できないけど――栞は具体的にどうしたいと思ってる？」

「えっ？」

「俺にただ怒りをぶつけたいのか、それとも建設的な話がしたいのか。今日俺は、君が離婚届を出したかどうかを聞きたくて、ここに来た。もしまだなら少し待ってほしい、最後に本音で話し合う機会を作ってほしい――そう言うつもりで」

「…………」

「もう、手遅れだったか？」

匠の問いかけに、栞が顔を歪める。

そして震える声で答えた。

「届はまだ……出してません。そもそもは匠さんのほうから、いきなり『別れよう』って言い出したんじゃないですか。匠さんはお兄ちゃんへの義理立てで、わたしを放っておけなくて結婚したのかもしれない。でもわたしは、高校のときから好きだったんです。匠さんのことが」

「えっ？」

「今でもまだ、好きです。誰にも渡したくないくらい……。だから三度目の結婚記念日に、『本当の妻にしてください』って言うつもりでいました。でも匠さんが、別れようなんて言うから」

匠は驚き、栞の顔を見つめた。

彼女が自分を好きなど、青天の霹靂だ。しかし疑問がこみ上げ、「でも、さっきの男は……」とつぶやく。

栞が憤然として答えた。

「楢崎さんは大学の先輩で、いろいろと相談に乗ってもらっていただけです。匠さんが出張から帰ってくるっていう話をしたら、励ましのメッセージをくれて。さっきはいきなり抱きしめられて驚きましたけど、わたしにはそんな気はまったくないので、断るつもりでいました」

栞に男がいると思っていたのは、匠の勘違いだったらしい。

向こうにその気があったのは間違いないが、目の前の彼女の表情に嘘はないように見える。

（それなのに俺は……勝手に嫉妬した挙げ句、栞の気持ちを無視して抱こうとしたってことか）

猛烈な自己嫌悪と罪悪感が、胸にこみ上げる。匠は栞に謝った。

「――ごめん。俺は君の気持ちを、誤解してた。櫂人が亡くなったあと、君が親族に付き纏われて憔悴しているのを見たら、どうしても放っておけなかった。夫という立場になれれば盾になれると思ったのは、嘘じゃない。……でも、君に対しての好意も多分にあった」

「えっ？」

「最初は妹に対するような気持ちだったけど、三年一緒に暮らすうち、それは明確な愛情に変わっていった。でも俺たちの結婚はあくまでも〝偽装〟で、若い君にはきっと他にいい出会いがある。だから親族が接触してこなくなった今、さっさと手を放すべきだと思ったんだ。――俺の気持ちを秘めておけるうちに」

栞は何を言われたのかわからないというような顔をしている。

匠は彼女を見つめ、真摯に告げた。

「俺は君が、好きだ」

「……っ」

「ずっと触れたい気持ちを我慢してた。君が突然積極的になって風呂場に入ってきたときは動揺したし、酒に酔ったときは理性の箍がはずれてキスしてた。……他に男がいるのかもしれないって思ったときは、嫉妬で腸《はらわた》が煮えくり返りそうな気持ちになった」

「匠さんが……？」

「そうだよ。年甲斐《としがい》もなく君に恋して、みっともないことばかりしてる。幻滅しただろ」

自嘲する言葉に、栞が急いで首を横に振る。

赤らんだ頬と潤んだ瞳の彼女は、匠の言葉が信じられないのかひどく動揺した顔をしていた。

やがて栞は匠を見つめ、ポツリと言った。

「――幻滅なんて、しません」

「……………」

「わたし……うれしいです。匠さんがわたしを好きでいてくれて」

「本当に？」

「はい」

「兄妹みたいな感情じゃなく？　君は亡くなった櫂人のイメージを、ずっと俺に投影してるんだと思ってた」

匠の問いかけに、栞がますます顔を赤くする。

そして小さな声で答えた。

「兄妹なら——匠さんに愛されたいとか、触れたいなんて思いません」

匠の中に、急速に栞に対するいとおしさがこみ上げてくる。思わず触れようとしたものの寸前で思い留まり、匠は彼女に言った。

「君に、謝らなきゃいけないと思ってた。このあいだ無理やり抱こうとしたことを」

「……えっ？」

「本当にごめん。君の気持ちを無視して、ひどいことをしてしまった。あのときは、他の男と浮気していると思い込んで……我を忘れてたんだ。心の底から反省してる」

匠の言葉を聞いた栞が、視線を泳がせる。

やがて彼女は、ポツリと言った。

「いいんです。匠さんですから」

「えっ？」

「嫌じゃありませんでした。だって全然……乱暴じゃなかったし」

恥ずかしげな様子がひどく可憐で、匠の中に触れたい気持ちが募る。我慢できなくなった匠は、腕を伸ばして栞の身体を強く抱きしめた。

彼女の背がしなり、「んっ」と小さく声を漏らす。甘い髪の匂い、華奢で柔らかい感触が、庇護欲をそそった。

もう手放さなければと思っていた存在をこうして抱きしめていることに、匠は言葉にできないほどの幸福を感じる。

（嘘みたいだ。……栞が俺を、好きだなんて）

互いに想っていたのなら、自分たちはだいぶ遠回りをしたことになる。

そんなことを考えていると、栞がモゾリと身じろぎし、匠は苦しかったのかと思って腕の力を緩めた。すると彼女は口を押さえてうつむき、くぐもった声で言った。

「……気持ち悪い」

「えっ？」

「――吐く」

＊＊＊

トイレの便座を抱え、こみ上げる嘔吐感《おうとかん》のまま、栞は胃の内容物をありったけ吐く。

やがてようやく吐き気が収まって水を流したとき、背後でトイレのドアがノックされた。

「栞、大丈夫？」

「大丈夫です。すみません……」

消え入りたい気持ちになりながら、栞はうつむいてトイレから出る。

そこには匠が立っていて、こちらにコップの水を手渡してきた。

「ほら、これで洗面所でうがいして」

「は、はい」

「服は汚れてない？」

「大丈夫です……」

酔って吐くなど、生まれて初めてだ。

栞は言われるがままに洗面所でうがいをし、口の中の胃液の味を洗い流した。背後でその様子を見守っていた匠が、呆れた顔で言う。

「ずいぶん酒臭いなとは思ってたけど、君が酔うなんて相当飲んだんだろうね」

「す、すみません、ご迷惑をおかけして」

渡されたタオルで口元を拭きながら、栞は忸怩たる思いを噛みしめていた。

大事な場面で吐き気に襲われるなど、最悪だ。恐縮しつつ、栞はポツリとつぶやく。

「匠さん、吐き気の対応が手慣れてるんですね……」

「ん？　そりゃあね。俺が今まで、どれだけの学生を相手にしてきたと思ってるの」

確かに何年も学生を相手にしていれば、加減を知らずに飲みすぎた者の面倒を見ることは多いだろう。

そう思いながら、栞はうつむいて説明する。

「今日、倉木さんの話を聞いたら――飲まずにはいられなかったんです。冬子ちゃんや楢崎さんがつきあってくれたんですけど」

栞の言葉を聞いた匠が、ふと真顔になって言う。

「俺と倉木の間には、栞が心配するようなことは何もないよ。確かに復縁を迫られはしたけど、ちゃんとはっきり断ってる。あの写真は飲みに連れ出されて無理やり腕を組まれたところを、絶妙なタイミングで撮られただけだ。すぐに振り払ったから」

「……そうですか」

栞の胸に、安堵が広がる。匠が慎重な口調で続けた。

「子どものことは——今の時点では、何とも言えない。倉木があくまでも俺の子だと言い張るなら、ＤＮＡ鑑定を要請する。その上で俺がしなければならないことはするけど、彼女と結婚する気はまったくない。俺が妻にしたいと思うのは、栞だけだ」

匠の言葉が胸に沁《し》みて、栞は目を潤ませる。

確かに子どもについての不安はまだ残るが、彼が倉木との関係をきっぱり否定してくれたのがうれしかった。

そんな栞を、匠が無言でじっと見下ろしてくる。栞は若干の居心地の悪さをおぼえ、彼に問いかけた。

「な、何ですか？」

「ん？　気分は治ったかと思って。まだ吐き足りないなら、トイレまでエスコートするけど」

「だ、大丈夫です」

答えた瞬間、匠が栞の肩に腕を回す。

何事かと驚いて目を見開くと、膝裏をひょいとすくい上げられ、いわゆる〝お姫さまだっこ〟をされた。

急に身体が浮き上がった栞は、動揺して声を上げる。

「匠さん、一体何を……っ」

「何って、君の気持ちを聞いたんだから、もう我慢することはないと思って」

「我慢？」

「栞に触りたい。どこもかしこも確かめて――全部俺のものにしたい」

真剣な顔でそんなことを言われ、栞はかあっと顔を赤らめる。

細身に見えるのに軽々と栞を抱き上げた匠は、その眼差しに熱情をにじませて言った。

「俺としては、離婚の話はきっぱり撤回させてもらうつもりだ。これからも君と一緒にいたいし、偽装なんかじゃない本当の夫婦になりたい。……嫌？」

栞はドキドキと高鳴る胸の鼓動を感じつつ、彼を見つめる。

――ずっと好きで恋い焦がれ、匠の本当の妻になりたいと願ってきた。今それが叶うなら、断る理由など何もない。

「嫌じゃないです。わたしも匠さんと……本当の夫婦になりたい」

勇気を振り絞ってそう答えると、匠がうれしそうに微笑む。

彼は栞の頬にキスをして言った。

「――じゃあ、俺の部屋に行こう」


灯りを点けていない匠の部屋は、外から入る街灯の光で完全な暗闇ではない。薄闇の中、栞は着ているものを脱がされる。

「あ……っ」

ワンピースとキャミソールを脱がされ、下着だけの姿になった途端、猛烈な羞恥がこみ上げた。覆い被さってきた匠が胸のふくらみをつかみ、谷間にキスをしてくる。

「栞は色が白いな。それにどこもかしこも細くて、柔らかい……」

「……っ」

胸があまり大きくないのがコンプレックスの栞は、匠に失望されないかとにわかに不安をおぼえる。

前回も見られているが、あのとき以上に今のほうが恥ずかしい。しかしブラのホックをはずし、カップから零れ出た小ぶりなふくらみを見た彼は、直接肌にキスしながさやいた。

「――可愛い」

「あっ……！」

触れられるうちに荒くなっていく呼吸が恥ずかしく、栞は手の甲で口元を覆った。

その手をつかんでやんわりと引き剥がし、匠が唇を塞いでくる。

「ん……っ」

何度か触れるだけの口づけをされ、栞は緊張に身体を硬くする。匠が髪を撫でてささやいた。

「栞、口開けて」

「……っ……」

ほんのわずか開いた唇から、彼の舌が押し入ってくる。

舌先がそっと絡み、甘い感触に栞は吐息を漏らした。匠のキスは優しく、じわじわと体温が上がっていく。

徐々に入り込んだ舌が口腔を舐め、そっと目を開けると間近で彼の眼差しに合い、一気に恥ずかしさが募った。

「あ……」

「キスは好き？　トロンとした目をしてる」

「……っ」

頬が熱くなり、栞は何と返していいか迷う。

目の前の匠の端整な顔と吐息が触れる距離に、心臓がドキドキしていた。彼が穏やかな声で言った。

「栞が嫌がることはしたくないんだ。だからどう思ってるのか、言葉にしてくれるとうれしい」

「ぁ……好き、です……」

彼は「じゃあこっちは？」と言って、胸に触れてくる。

どんな触り方をされても気持ちよくて、どんどん乱れていく自分が恥ずかしい。経験もないのにこんなにも反応する自分を、ひょっとして彼は淫らだと思っているだろうか。

そんなことを考えていると、匠が笑って言った。

「そんな顔しなくていいよ。栞が感じてるなら、俺はすごくうれしい」

「ぁ、でも……っ」

「自分が触ってこんなに反応してくれて、嫌になる男なんていない」

胸の奥がきゅうっと切なくなり、栞は腕を伸ばして彼の首を引き寄せる。

匠が栞の身体を抱きしめ、深いキスをしてきた。口腔に彼の舌が押し入り、奥深くまで探ってくる。中を舐められ、ぬるぬると絡められるのが淫靡《いんび》で息を漏らすと、それすらも封じ込めるようにキスを深くされて体温が上がった。

「……あの、匠さん……」

「何？」

キスの合間にようやく声を出した栞は、匠に小さくねだる。

「匠さんも、脱いで……」

匠は一瞬目を瞠ったものの、すぐに笑って自身のシャツのボタンに手を掛ける。

シャツを脱ぎ捨てた彼の身体は、無駄なところがなく引き締まっていた。それを見た栞は胸が高鳴り、じわりと頬が熱くなるのを感じる。

その後も匠はすぐには先に進まず、栞の全身を丹念に愛撫してきた。首筋に唇を這わせ、肌を余すところなく撫でられる。

初めは恥ずかしかったのに次第にそれが心地よくなり、気づけば栞は自分から彼にしがみつき、身体をすり寄せていた。

「んっ……匠、さん……」

「栞――可愛い」

匠は焦らず、時間をかけて栞の身体を慣らした。

そして感じすぎてすっかり力が抜けた頃、ようやく中に入ってきた。

「あ……っ」

押し入ってくるものは硬く大きく、すべてを受け入れると思うと恐怖心がこみ上げる。

だがそれ以上に栞は、匠と繋がりたくて仕方がなかった。

「……っ、匠、さん……っ」

少しずつ腰を進めた彼が、ようやく最奥に到達する。

中が鈍く痛み、入口もピリピリとした疼痛を訴えていて、快感はまったくない。しかしようやく彼を受け入れることができた喜びがこみ上げ、目が潤んだ。

（ああ、わたし、やっと匠さんのものになれたんだ……）

気づけばポロリと涙が零れ落ちていて、それを見た匠が焦った顔で言う。

「ごめん、我慢できないくらいに痛いかな。今すぐ抜いたほうがいいなら、そうするけど」

栞は首を横に振り、腕を伸ばして匠の身体を引き寄せる。

そして精一杯の笑顔で答えた。

「匠さんと、こうなれて――すごくうれしいんです。だからこのままで大丈夫です」

「…………。君は、ほんとに」

栞の言葉を聞いた匠が、何ともいえない顔になる。

そしていつも冷静な彼にしては珍しく苦虫を噛み潰したような顔になり、ボソリとつぶやいた。

「――もう限界」

「えっ？」

「ちょっと動くよ」

言い終わるなり深く突き上げられ、栞は「あっ」と声を上げる。

初めはこちらを気遣って遠慮がちだった動きは、徐々に激しさを増した。嵐のような律動に翻弄され、思考もままならなくなる。

栞は切れ切れの喘《あえ》ぎ声《ごえ》を上げ、匠の二の腕をつかんだ。

「あっ……匠、さん……っ」

「……っ」

匠の顔は普段の穏やかさをかなぐり捨てて男っぽく、その色気に栞はゾクゾクした。

しがみつけばそれ以上の強さで抱きしめ返してくる彼が、汗ばんだ肌も含めていとおしくて仕方がない。

「匠さん、好き……っ」

吐息交じりの声で訴えると、匠がかすかに顔を歪める。

そして栞の頭をきつく肩口に抱き寄せ、熱っぽくささやいた。

「――俺も好きだよ」

その瞬間、より深くまで入り込まれ、栞は高い声を上げる。

やがて身体の奥深いところで彼が達するのを感じ、栞は早鐘のように鳴る心臓の鼓動を持て余しながら、ぐったりと疲れた身体をその腕に委ねた。

第十一章

翌朝目を覚ましたとき、身体が背後から温かいものに包まれていた。

あまりの心地よさに再び睡魔に吸い込まれそうになりながら、栞はゆっくり瞬《まばた》きをする。

(あれ……?　ここって……)

頬に触れるリネンはグレーで、自分がいつも使っているものとは違う。

そんなことをぼんやりした頭で考えていると、ふいに自分の身体を抱え込む長い腕が目に入った。

女性とは明らかに違う骨格のそれが誰のものなのかがわかり、栞は顔がじわじわと赤くなるのを感じる。

(そうだ、わたし……)

「……起きた?」

背後からそんな声がして、栞はビクリと身体をこわばらせる。

背中に触れる感触は素肌で、栞は自分が裸の匠に抱かれて眠っていたのだと気づいた。

そうっと振り向いてみると、少し寝乱れた髪の彼がこちらを見ている。そして優しく微笑んで言った。

「おはよう」

「お、おはようございます……」

昨日の記憶が、怒涛《どとう》のように栞の頭の中によみがえる。

匠との離婚を決意して自宅マンションに戻った栞は、そこで彼と鉢合わせをした。栞は匠に数日前に不審な手紙を受け取ったこと、そして倉木小夜から彼女の娘が匠の子であるかのように匂わされたことを話したが、彼は倉木との交際を否定し、「俺が妻にしたいと思うのは、栞だけだ」と言ってくれた。

実は互いに相手を想っていて、離婚することが本意でないのを確かめた栞と匠は、昨夜初めて抱き合った。

彼は今まで秘めていた想いを表すように優しく情熱的で、そうした経験のない栞は一方的に乱された一夜だった。

（どうしよう……わたしも匠さんも、裸なんだけど）

おそらくもう起きなくてはならない時間で、外は既に明るくなっている。

匠の目に触れずにベッドから出るのは不可能に近く、栞はじりじりとした焦りに駆り立てられた。

するとそんな様子に気づいたらしい彼が、背後で笑って言う。

「どうしてそんなに身体を硬くしてるの？　ああ、シングルベッドだし、狭かったかな」

「そ、そうじゃなくて」

「なんてね。わかってるよ、栞が恥ずかしくてこっちを向けないでいるの」

匠は笑って栞の身体を抱きしめる腕に力を入れ、乱れた髪に顔を埋めてくる。そしてひそめた声でささやいた。

「身体は平気？　昨夜、ちょっと無理をさせちゃったから」

「だ、大丈夫です……」

答えた瞬間、ふいに匠の手が胸のふくらみに触れてきて、栞はビクリと身体を震わせる。

やわやわと揉みながら身体をすっぽりと抱きすくめられ、動揺して声を上げた。

「た、匠さん……」

「俺はまだ、全然足りない。何しろずっと抱きたいのを我慢してたんだし」

「……っ……」

(わたしだって……匠さんに触りたかった)

昨夜の記憶は甘ったるい余韻となって、身体の奥深いところで燻っている。

抱き合ってますます匠への愛情は増したが、こんなに明るいところでは無理だ。栞がそんなことを考えていると、彼はベッドサイドの時計を見てつぶやいた。

「もう六時過ぎか。栞は今日、一限目から?」

「は、はい」

「そっか。なら、あまりのんびりもできないな」

大学の一限目の授業は、午前八時四十五分から始まる。

残念そうな様子の匠とは裏腹に、栞は今の状況から切り抜けられそうでホッとしていた。そこで彼が、ふと思いついたように言った。

「——じゃあ、一緒にシャワーを浴びようか」

浴室の中は、シャワーのお湯から立ち上る湯気でもうもうと白くなっている。

その中で、栞の声が反響した。

「た、匠さん、わたし、自分で洗いますから……っ」

「いいよ。任せて」

匠から一緒に入浴することを提案され、栞は慌てて断ったものの、彼は強引だった。

タオルケットでぐるぐる巻きにした栞を抱えて脱衣所まで運んだ匠は、浴室に一緒に入り、今目の前でボディーソープを手にプッシュしている。

身体を隠すこともできず、いたたまれない気持ちでうつむく栞に、彼が笑って言った。

「このあいだは君が風呂場に乱入してきて、俺の背中を流したはずだけど。何でそんなに緊張してるの？」

「そ、それは……、ぁっ！」

手のひらに伸ばしたボディーソープを身体に塗りつけられ、首筋から鎖骨、胸元まで撫でられた栞は、動揺して問いかけた。

「た、匠さん、何でスポンジ使わないんですか……？」

「ん？　どうせなら直接触りたいから」

ソープでぬめる手で胸に触れられ、栞は息を乱す。

浴室内の明るさが恥ずかしいのに、匠の大きな手で身体を撫でられると落ち着かない気持ちになり、必死に息を詰めた。

匠はボディーソープを足しながら、栞の腕や腹、背中を丁寧に手で洗う。床に置きっ放しのシャワーヘッドがもうもうと湯気を立てていて、浴室内は寒くはなかった。

触れる手に乱され、立っていられなくなった栞は、背後の冷たい壁にもたれる。声が出そうになるのを必死でこらえていると、匠が栞の身体を引き寄せ、正面から抱きすくめて言った。

「壁、冷たいだろ。俺につかまってて」

「あっ……」

浴室内が、栞の漏らす吐息で濃密な雰囲気になる。

顔を上げた途端に噛みつくように口づけられて、栞は小さく呻《うめ》いた。押し入ってきた舌に絡め取られ、じわりと体温が上がる。

目を開けると間近で匠の熱っぽい眼差しに合い、かあっと頬が赤らんだ。

「ぁ、……」

結局手のひらで全身を洗われ、シャワーでボディソープを流したあとは、感じすぎてぐったりしていた。

彼は栞の身体を抱き寄せ、髪にキスをして言う。

「ごめん。ちょっと触るだけのつもりだったのに、つい」

「…………」

「早くしないと、遅刻しちゃうな。じゃあ髪も洗おうか」


言葉どおり、その後の匠は栞の髪を丁寧に洗い、ドライヤーで乾かしてくれた。

リビングに行くと時刻は午前七時になっていて、栞は慌ててキッチンに向かう。久しぶりに匠がいる朝なのに冷蔵庫にはあまり食材がなく、冷凍していたパンや卵を駆使して何とか朝食の準備を整えた。

やがて席に着いた匠が、スクランブルエッグとボイルしたウインナー、それにフルーツが載った皿を見つめながら言う。

「別に頑張らなくてもよかったのに」

栞は温めたクロワッサンと湯気が立つコーヒーをテーブルに置き、猛然と言い返した。

「いいえ。朝食は大事なんですから、ちゃんと食べなきゃ駄目です。ひょっとして匠さん、家を出ているあいだにあまり食べてなかったんじゃないですか？　頬のラインとかシャープになってますし」

「ああ、まあ……」

匠が曖昧に微笑み、「いただきます」と言って食べ始める。

向かいに座った栞は、恥ずかしくて彼の顔をまともに見ることができなかった。

（……何だか、嘘みたい）

もう離婚すると決意していたのが一転、匠と想いが通じ合い、今彼が目の前にいる。

昨夜のこと、そしてつい三十分前の浴室でのひとときを思い出すと頭が沸騰しそうになり、栞はフォークでスクランブルエッグをつついた。

するとそれを見た匠が、気がかりそうに言う。

「栞、体調悪い？　ごめん、俺が朝から無理をさせたから……」

「だ、大丈夫です。恥ずかしくて匠さんの顔を見られないだけなので」

言葉にするとなおさら恥ずかしさが募り、栞は顔を真っ赤にする。

彼は一瞬きょとんとし、すぐに笑って言った。

「そっか。俺のほうは、栞が可愛くてずっと見ていたいけど」

「そ、そういうこと言うの、やめてください」

「本当だよ。大学なんか行かず、二人で家に閉じこもっていたいくらい」

それを聞いた栞は胸が高鳴ったものの、今日は朝から夕方までびっしり授業がある。

少し残念に思いつつ、栞は疑問に思っていたことを問いかけた。

「匠さんは家を出ているあいだ、どこにいたんですか?」

「短期賃貸のマンションを借りてたんだ。大学まで歩いて通える距離にある」

「そうだったんですか……」

「でも仕事に必要な文献はないし、その分大学に居残っていたら、家事をする時間が全然なくて。恥ずかしい話だけど、短期間で部屋が荒れ放題だよ。栞が今までどれほど一生懸命家事をしてくれていたかがわかって、つくづく自分の駄目さ加減が身に染みた」

家事をする暇がなかったのなら、きっとろくなものを食べていなかったに違いない。何となく匠が痩せた理由がわかって、栞は彼の体調が心配になる。

そんな栞を見つめた匠が、ふいにテーブルの上の手をぎゅっと握ってきた。ドキリとして顔を上げると、彼が真剣な口調で言った。

「向こうのマンションは、早急に解約しようと思ってる。ここに戻ってきていいかな」

「も、もちろんです。ここは匠さんの家なんですから」

匠がこの家に、帰ってきてくれる。

以前と同じように二人で暮らせるのだと思うと、泣きたいほどの安堵がじんわりと心を満たしていくのを感じた。

(ううん、以前と同じじゃない。これからはちゃんとした〝夫婦〟として暮らせるんだもの)

そこで彼が突然、「ところで」と言った。

「今日なんだけど、栞は昼休み時間はある?」

「はい、特に用事はありません。冬子ちゃんとお昼を一緒にしますけど、別行動するのも珍しくないですし。……あの、どうしてですか?」

大学にいる時間帯、彼がこちらに接点を持とうとするのは初めてだ。

戸惑う栞の前で匠はコーヒーのカップを持ち、中身を飲みながら答えた。

「俺と一緒に、倉木と会う気はないかなと思って」

「えっ……?」

「――彼女にいろいろと、聞きたいことがある」

＊　＊　＊

朝から晴れた今日、気温はぐんぐん上がり、盛夏の様相を呈している。

二時限目が終わった昼休み、匠は栞と大学の正門で待ち合わせをして落ち合った。

向かった先は、すぐ近くにあるカフェだ。

昼時の店内はコーヒーの豊潤な香りが漂い、ランチセットを頼んでいる客もいた。

窓際の四人掛けの席に通され、匠は奥側に栞を座らせると、メニューを手渡す。

「何にする？　時間的にランチでもいいけど」

「でも……倉木さんと話すんですよね。そんな状況で、食事は喉を通りそうにないです」

白いVネックの七分袖カットソーにミントグリーンのフレアスカートという恰好の彼女は、ひどく緊張した顔をしている。

無理もない、と匠は思った。何しろ彼女は倉木から、彼女の娘は匠の子かもしれないと直接仄めかされている。

匠は栞を見つめ、安心させるように言った。

「俺が彼女と話すから、君は心配しなくていい。飲み物は何にする？」

「じゃあ、アイスティーを」

店員を呼んでオーダーしたあと、匠は彼女の緊張を解すべく他愛のない話をする。

するとと飲み物が運ばれてきたところで、背後から声が響いた。

「――お待たせして、ごめんなさい」

振り向くと、そこには青い花柄のワンピースを着た倉木がいる。

匠は彼女を見つめ、淡々と答えた。

「いや。時間どおりだ」

「奥さまも一緒なの？　その様子だと、もう仲直りしちゃったのね」

倉木は向かいの席に座り、残念そうな顔をする。

店員にアイスコーヒーを頼んだ彼女は栞に視線を向け、ニッコリ笑った。

「こんにちは。昨日はお茶につきあっていただいてありがとう」

「いえ、……」

倉木には気後れしている様子が微塵もなく、その態度はどこか不遜さも感じさせる。

顔をこわばらせた栞を庇《かば》うように、匠は倉木に向かって口を開いた。

「倉木に聞きたいことがある。君が昨日栞に話した、子どもの件についてだ」

「…………」

倉木は微笑み、匠を見つめる。そして余裕たっぷりな口調で答えた。

「昨日奥さまに話したことなら、全部真実よ。私があなたと二十二歳のときにつきあっていたのも本当、その年に子どもを産んだのも本当。ああ、それから、あなたがいい父親になりそうっていうのも本音ね。だって仲沢くん、基本的に優しいし、責任感が強いもの」

匠は眉をひそめて彼女を見つめる。

もし倉木の娘がこちらの子なら、再会して以降、彼女がそのことについて一言も話さないのは不自然だ。

ましてや匠は倉木と二ヵ月しかつきあっておらず、避妊せずに性行為をしたことは一度もない。

重苦しい沈黙が横たわったが、匠は彼女から目をそらさなかった。やがて視線の圧力に屈したように、倉木が深くため息をつく。そして顔を上げ、やるせない微笑みを浮かべて言った。

「わかった、正直に言うわ。……私の娘は、あなたの子じゃない」

「…………」

「嘘は言ってないけど、わざと思わせぶりに発言して、奥さまにそう思わせたのは認める」

匠の胸に、深い安堵が広がる。同時に栞も、隣でホッと気配を緩めていた。

匠は彼女に向かって問いかけた。

「一体どういうつもりで、栞にそんな話をしたんだ」

「んー、話すと長いのよねえ」

「倉木、ふざけてないで説明しろ」

「わかってる。ちゃんと話すから」

倉木は両手を広げて降参のポーズを取ると、栞に視線を向ける。

そして彼女に向かって、申し訳なさそうに言った。

「ごめんなさいね。娘は私が仲沢くんと別れた直後、他の人とつきあってできた子よ」

想像していたとおりの答えだったが、彼女の交際相手が皆目見当がつかない。

匠が「その相手って……」とつぶやくと、倉木は苦笑いして答えた。

「麻生《あそう》教授。私、ずっとあの人が好きだったから」

それを聞いた匠は、驚きの眼差しで彼女を見つめる。

麻生教授は学部生時代、自分たちの指導教授だった人物だ。倉木は妻帯者である教授に密かに想いを募らせ、学部を卒業する間際にようやく彼とつきあうようになったらしい。

ほどなくして妊娠したものの、道ならぬ関係のため、彼女はアメリカに渡ったあと一人で子どもを産んだという。

「だったらなぜ……栞にそんな嘘を匂わせたんだ。しかもまるで俺たちがつきあっているかのような、写真まで撮らせて」

匠の問いかけに、倉木は首をすくめた。

「実はあるところから、依頼されてやったの。仲沢くんを誘惑して、あなたたちが別れるように仕向けてほしいってね。写真はその相手が手配した人間が撮ったのよ。手紙の投函もそう」

匠はそこで自分の読みが当たったのを確信し、彼女に確認する。

「君に依頼したのは、ひょっとして君島家か」

「そうよ。ご名答」

話が突然思いがけない方向に転がり、栞が息をのんでこちらを見る。

倉木いわく、彼女に匠を誘惑するように依頼したのは君島泰隆——つまり栞の父方の叔父だという。

彼は櫂人が亡くなった三年前、「事業の負債を埋めるため、君が相続した金を貸してほしい」と言って、しつこく栞に付き纏っていた人物だ。

だが栞が結婚してしまい、夫である匠の「今後彼女に付き纏えば、法的手段も辞さない」という牽制《けんせい》で接触してこなくなっていたものの、ここにきていよいよ事業の存続が危うくなったらしい。

倉木がアイスコーヒーを一口飲み、説明した。

「いきなり向こうから連絡を受けたときは、驚いたわ。でも話を聞くうち、あの人たちが私の娘を仲沢くんの子だと勘違いしているのに気づいたの」

泰隆は匠の弱みを探して身辺を調査していたところ、かつて交際していた倉木とその娘の存在に辿り着き、接触を図ってきた。

隠し子の存在が明るみに出れば、栞との関係に亀裂が入るのは間違いない。匠さえいなければ天涯孤独の栞を取り込むのは容易だと考えた彼らは、倉木を使って栞と匠を離婚させたあと、彼女を自分たちの息子と再婚させて莫大な財産を掠《かす》め取ることを画策していたという。

「私を何とか自分たちの手駒にするべく、あの人たちは詳しい事情を話してくれた。でも娘の父親が別の人間であることが判明した途端、高額の謝礼をちらつかせて、仲沢くんを誘惑する作戦を持ちかけてきたの」

「誘惑って……」

匠が困惑してつぶやくと、倉木が応える。

「もしあなたたちを離婚させることができたら、三百万円くれるっていう話だったの。私にとってその謝礼は、とても魅力的でね。ちょうどこっちに戻ってくる話があったし、引き受けたってわけ」

どこかやるせない微笑みを浮かべた彼女は表情を改め、匠と栞に向き直る。そして深く頭を下げてきた。

「――ごめんなさい。本当はずっと……良心の呵責《かしゃく》があった。あなたたちの仲を引っ掻き回して、本当に悪いことをしたって反省してる。金に目が眩《くら》むなんて、本当に最低よね」

「………」

匠が知っている倉木は合理的な考えをするタイプで、そういった話に乗る人物には見えなかった。

それだけに金に目が眩んだという言葉が信じられず、彼女に向かって問いかける。

「君をそこまで駆り立てたのは、一体何だったんだ？　たとえ俺たちを離婚させることに成功したとしても、ＤＮＡ鑑定をすれば子どもの父親が別にいるのはばれるだろう。それなのに」

倉木は目を伏せ、苦い表情で答えた。

「……理由は私が、〝母親〟だからよ。私と麻生教授はずっと関係を持ち続けていたけど、あの人は頑なに娘を認知してくれなかった。『妻に子どもの存在がばれるわけにはいかない、どうか我慢してくれ』って言ってね。だから娘は、非嫡出子になってるの。そうこうするうちに、彼が去年いきなり心不全で亡くなって、娘の将来が心配になった」

彼女は自嘲的に微笑んだ。

「もし私や実家の母親がいなくなったら、あの子は一人になるわ。何の後ろ盾もなくなるなら、せめてお金の不安だけでも取り除いてあげたかった。だからいちかばちかで君島家の話に乗ったんだけど――やっぱり悪いことって、できないものね。お金のためだって割り切ろうとしていたのに、『自分のエゴのために他人を不幸にして、はたして子どもの前で胸を張れるのか』っていう考えがずっと頭から離れなかった。ただでさえ〝不貞の末に娘を生んだ〟っていうどうしようもない事実があるのに、さらに顔向けできないことをするのかって」

倉木の言葉には深い悔恨がにじんでいて、匠は返す言葉を失くす。

すると隣に座る栞が、「あの」と口を開いた。

「そんなにご自分を責めないでください。確かに倉木さんの娘さんが匠さんの子どもかもしれないと匂わされたとき、わたしはすごくショックを受けました。でも倉木さんは、追求されたらすぐに本当のことを話してくれましたよね？　つまり何も実害は出ていないんです」

それを聞いた倉木が目を瞠り、「……そんな」とつぶやく。

「実害なら、とっくに出てるでしょう？　私の話を聞いた奥さまはとても嫌な思いをしたでしょうし、仲沢くんとの仲も拗《こじ》れてしまったはずよ。それなのに」

「今謝っていただいたので、充分です。それに、今回のことをきっかけに匠さんときちんと話ができましたから、かえってよかったくらいなんです。ね、匠さん」

栞が同意を求めてきて、匠は何と答えるべきか悩む。

だがこうして倉木を許そうとする優しさは、彼女の美点だ。事情を聞けば同情する点もあるため、匠は倉木を見て口を開く。

「栞がこう言ってるから、俺もこれ以上何も言うことはない。君が彼女の前で子どもの父親が俺ではないと明言してくれて、話し合いの目的は達成できたし」

彼女はその言葉を噛みしめるように目を伏せ、やがて小さく言った。

「ありがとう。もっと糾弾《きゅうだん》されてしかるべきなのに、そんな温情をかけてくれて。つくづく自分が情けなくなるわ」

一旦言葉を区切った倉木が、顔を上げる。そしてはっきりした口調で言った。

「娘の父親が麻生教授であるのは、鑑定済みだから確実よ。必要なら、あなたたちに鑑定結果の書類を開示してもいい」

「ああ」

「それから、もし君島家を糾弾したいなら、今回の私の行動が彼らに頼まれてしたことだと証言するわ。実はあとで言った言わないになると困ると思って、会話の一部をスマートフォンで録音してあるの」

咄嗟の機転でそうしたという彼女に、匠は答える。

「わかった。もしそういうことになれば、連絡する」

倉木に聞きたかったことは、これですべてクリアになった。

当初はこちらを騙した彼女に怒りをおぼえ、厳しいペナルティを課す気でいたものの、当事者である栞が処罰的な感情を抱いていないためにそんな気持ちが萎《な》えてしまった。

隣に座る彼女を見やると、栞が小さく頷く。匠は微笑んで言った。

「――じゃあ、大学に戻るか」

「はい」


カフェの外に出ると、抜けるような夏空が広がっていた。見上げた空から、灼熱の午後の日差しが燦々《さんさん》と降り注いでいる。

一気に汗がにじみ出し、匠は目を細めた。大学に向かって歩き出しながら倉木とのやり取りを反芻し、苦々しい気持ちを押し殺す。

（それにしてもあの連中、性懲りもなく接触してくるなんて、三年前に交わした念書の存在を忘れたのか？　ぐうの音も出ないほど徹底的に叩いてやるから、覚えてろよ）

蒸し暑い空気は息苦しいほどで、隣の栞が息をつく。彼女は匠を見上げ、話しかけてきた。

「倉木さんの子どもの件、匠さんが無関係であるのが確認できて、よかったですね」

「ああ。栞には嫌な思いをさせて、申し訳なかった」

「いいえ。倉木さんに指示をした君島家は、わたしの父方の家です。……こんなことになってしまって、本当にすみません」

まさか君島家がまだ栞の資産を狙っていて、倉木を使って自分たちを離婚させようとするとは思わなかった。

栞ときちんと話せたからいいものの、もし彼女が倉木のついた嘘を信じて離婚を決断していたらと思うと、ふつふつと怒りが湧く。匠は彼女に言った。

「今回のことだけど、俺は弁護士に依頼して君島家に厳しい制裁を下そうと考えてる」

「えっ」

「君島夫妻とは、三年前に一度示談しているんだ。二度と栞に接触しないと約束をしたからそのときは警察沙汰にしなかったけど、今回はそれを破って悪質な方法で接触してきてる。罰を受けてもらうのは当然だよ」

三年前に君島夫妻が栞に悪質な付き纏いを繰り返したこと、そして彼らの息子が彼女に対して無理やり性的関係を迫った事実は、弁護士が作成した文書に明確に記載されている。

話し合いの内容は音声データでも残っており、今回の件も含めて被害届を出すことは可能だ。当時は彼らの「二度と接触しない」という言葉を信じて警察沙汰にするのを思い留まったものの、もう容赦する理由はない。しかるべき手立てを講じれば、今後自宅におかしな手紙が来ることもなくなるだろう。

匠がそう告げると、栞は安堵の表情を浮かべた。そしてポツリと言う。

「うちの両親がかけおち同然で結婚したせいで、父方の親戚とはまったくつきあいがなかったんですけど……こんなふうに拗れてしまうの、何だか寂しいですね。できればちゃんとしたおつきあいがしたかったのに、あの人たちが求めているのはわたしの財産なのが丸わかりなので」

「普通の人たちならともかく、ああいう金に汚い輩とは意識して距離をおかなきゃ駄目だ。彼らの要求を飲むのは、君に資産を遺してくれたお祖父さんや櫂人の気持ちを傷つけることだと思うよ」

匠の言葉を聞いた彼女がハッと目を見開き、神妙な表情で「……そうですよね」と答える。

それを見つめ、匠は微笑んで言った。

「とりあえず倉木の件は片づいたわけだから、このあとのことは俺に任せてくれ。君島夫妻は、絶対君に接触できないようにするから」

「わかりました」

エピローグ

さらに暑さが厳しくなった八月の初旬、Ｈ大学ではオープンキャンパスが開催され、多くの学生や保護者が訪れてとても盛況だった。

栞も手伝いに駆り出されたものの、運営の中心メンバーである匠は比にならないほど忙しく、あちこち駆け回っていたらしい。

それが終わったらようやく夏休みだが、学生である栞と違い、彼は毎日大学に行かなくてはならない。

匠の朝食を作るべく毎朝午前六時にアラームをかけている栞は、それより早く目を覚ました。すると目の前に裸の胸があり、彼に抱き寄せられているのがわかる。

（こうして匠さんとひとつのベッドで寝ているのが、嘘みたい。……ちょっと前までは〝偽装結婚〟だったのに）

匠と想いが通じ合ってから約一週間、栞はこれ以上ないほど彼に愛されている。

目が合えばキスをされたり、抱き寄せて「可愛い」とささやかれ、少し前までただの同居人だったのが嘘のようだ。

そのときふと栞は、今日の彼が仕事が休みであることに気づいた。

（そうだ、昨日「久しぶりの休みだ」って言ってたっけ。早く起きて損しちゃったな）

普段は多忙な匠が、家にいるだけでうれしい。

本当は二人で出掛けたりしたいが、オープンキャンパスで忙しかった分、ゆっくり休ませてあげたい気持ちもあり、悶々とする。

（とりあえずもう目が覚めちゃったから、シャワーを浴びて朝ご飯を作ろうかな。匠さんは、起きるまでこのままにしておこう）

栞は彼を起こさないよう、そっと身を起こす。

そしてベッドを下りようとしたものの、ふいに腰に回った腕によってそれは阻まれた。

「……どこ行くの」

「……っ」

ドキリとして振り返ると、寝乱れた髪の匠がこちらを見ている。

どこか気だるげなその様子は、上半身裸ということもあってひどく色気があった。

栞はどぎまぎして答えた。

「あの……っ、朝ご飯を作ろうと思って……」

「今日は俺が休みなのに？」

彼は栞の腰に回した腕に力を込めて言った。

「俺が休みのときくらい、栞もゆっくりしたほうがいいよ。いつも朝から一生懸命家事をしてるんだから」

「でも……」

「ほら、おいで」

優しい声で呼ばれると胸がきゅうっとし、栞はモゾモゾとベッドに戻る。

長い腕で身体を抱き込まれ、頬が匠の素肌に触れた。彼が栞の髪に顔を埋めてつぶやく。

「こうして栞が腕の中にいると、ホッとする。三年間まったく触れずにいられたのが嘘みたいだ」

「それは……わたしも同じです。匠さんにくっついてると、すごく安心できます。もっと早く触れてくれてもよかったのに」

すると彼が、頭の上で苦笑して言った。

「でも結婚した当時の君は十八歳だったし、教員という立場で未成年に手を出すのはちょっとね。それに最初はまったく下心はなくて、純粋に櫂人の代わりになろうって考えていたから、本当に妹みたいな感じで見てたんだ」

一緒に暮らしていく中で少しずつ異性として意識し、いつしか一人の女性として好きになっていた――そんな匠の言葉を聞いた栞は、胸がじんとする。

（だいぶ回り道をしたように感じていたけど、この三年間は無駄じゃなかったんだな。匠さんがわたしを好きになってくれたんだもの）

これまで一切色めいた気配を見せなかった彼が、こんなにも甘い男だとは知らなかった。

そのときふと匠に言おうとしていたことを思い出し、栞は顔を上げる。

「そういえば匠さん、わたし……昨日楢崎さんと、話をしたんです」

「えっ？」

「このあいだマンションの前で別れて以来、何も話せていなかったので」

約一週間前、倉木の娘が匠の子だと仄めかされた栞は、ショックのあまり泥酔した。愚痴につきあってくれた楢崎が自宅マンションまで送ってくれたが、彼はエントランスの前で「離婚が成立したら、俺とつきあおう」と告白してきた。

それまで親身になって相談に乗ってくれていた楢崎は、いつしか栞に恋愛感情を抱いていたらしい。強引に抱きしめられて抵抗していたところに匠がやって来て、彼と軽く言い争いになり、告白の件はそのままうやむやになっていた。

翌日以降、楢崎からの連絡はなく、栞はどうしたものかと思い悩んでいた。しかし彼には何度も悩みを聞いてもらい、ときに励ましてくれたことが大きな支えとなったのは確かだ。

ならばきちんと向き合って、直接お礼を言うべきだ——そう思い、夏季休暇に入る前の最後の登校日だった昨日、栞は楢崎に連絡を取った。

〝直接会ってお話ししたいので、都合のいい日時を教えていただけませんか〟というメッセージに、彼は〝じゃあ、昼休みに待ち合わせしよう〟と大学構内のベンチを指定してきた。

栞は匠に向かって言った。

「楢崎さんには、匠さんと話し合いをして気持ちを伝え合ったこと、それに今後はちゃんとした夫婦としてやっていくつもりでいることを報告しました。その上で、楢崎さんが優しくしてくれたことへの感謝や、でも気持ちには応えられないことを伝えて、謝ったんです」

「……それで彼は、何て？」

「『しょうがないよね』って」

どうやら楢崎は、既にこうなるのを想定済みだったらしい。

『あーあ、雨降って地固まるか。こんなことなら、仲沢さんが弱ってるときにさっさとアプローチすればよかったな。変に遠慮した結果、まんまと元鞘《もとさや》に収まっちゃってるんだもん』

どこかぼやく口調でそう言った彼はしばらく沈黙し、こちらを見て言った。

『でも隠し子のこと、誤解でよかったね。その元カノがやったことはどうかと思うけど、結局はそれがきっかけで旦那さんと話せたわけだし。仲沢さんは、ずっと「本当の夫婦になりたい」って言ってたもんな』

『……はい』

『今、幸せ？』

問いかけられた栞は、一瞬何と答えるべきか迷った。

素直に答えたら、楢崎を傷つけてしまうかもしれない。だが嘘をつくことができず、彼の目を見て言った。

『はい。……幸せです』

すると楢崎はどこかやるせない微笑みを浮かべ、「そっか」とつぶやいた。

『仲沢さんの旦那さん、いかにも大人な雰囲気で頭が良さそうで、実は一目見て「負けた」って思ってたんだよね。俺みたいな小僧じゃ歯が立たないなって』

『そんな……』

『あのときの俺、よその夫婦の問題に首を突っ込んでキャンキャン吠《ほ》えて、すげーみっともなかったと思う。自分の恰好悪さがわかってたから、この一週間仲沢さんに連絡できずにいたんだ。ごめん』

自虐的な彼の言葉が痛々しく、栞は何も言えずに押し黙った。

すると一旦言葉を切り、小さく息をついた楢崎が、切り替えるように言った。

『今後俺が連絡を取ったら、また旦那さんに誤解されるかもしれない。それは不本意だから、俺のスマホに入ってる仲沢さんの連絡先は消すよ』

『……はい』

『でも仲沢さんがどうするかは、任せる。いつかまた話したいと思ったら連絡くれてもいいし、大学構内で会ったときは挨拶くらいはしたいな。それでいい？』

精一杯明るい表情でそう提案してくる彼を見つめ、栞は胸がいっぱいになりながら頷いた。

『はい、もちろん』

『よかった』

立ち上がった楢崎はこちらを見下ろし、「じゃあ、またね」と笑って去っていった。

するとそれを聞いた匠が、ため息をついて言った。

「俺の対応がもっと遅かったら、まんまと彼に栞を攫《さら》われていたかもしれないな。危ないところだった」

「そんな……楢崎さんはいい人ですけど、わたしは特別な気持ちを抱いてませんでした。わたしが好きなのは、匠さんですから」

「うん。だとしても、彼なりに栞を大事にしてくれてたのは確かだと思うよ。だって離婚話が出るまでは、好意を口にせずに節度を守ってくれてたわけだし」

彼は「でも」と言って、栞の髪を撫でた。

「栞のことは、譲れない。――俺の妻だから」

「ん……っ」

口づけられながら覆い被さられ、栞はその重みを受け止める。

パジャマの中に忍んできた匠の手が胸のふくらみをやんわり包み込むのを感じ、ドキリとして言った。

「た、匠さん、もう朝ですから……」

「うん、知ってる。でも今日は休みだから」

「あっ……！」

パジャマを脱がされ、昨夜と同様に丹念に愛される。

カーテン越しに外の明るさが差し込む部屋での行為が、恥ずかしくてたまらない。

だが彼の手に触れられるのは心地よく、すぐに明るさが気にならなくなった。

こちらを見つめる熱っぽい眼差しやしなやかで男らしい身体を目の当たりにし、いつもより感じてしまう栞を彼は巧みに翻弄してきた。

「可愛い――栞」

「……っ、匠、さん……」

やがて互いに果てたあと、疲れ果てた栞はぐったりとシーツに横たわった。

それを抱き寄せた匠が、髪にキスをして言う。

「ごめん、朝から疲れさせて。栞が可愛くて、つい」

「……匠さんは、どうしてそんなに元気なんですか？　わたしより忙しいはずなのに」

栞の恨みがましい言葉を聞いた彼が、笑って答える。

「そりゃあ基本的な体力が違うだろうし、俺にとって栞に触るのは、ご褒美みたいなものだから」

匠は腕の中に抱き寄せた栞の頭を撫で、優しく言った。

「お詫びに今日の朝ご飯は、俺が作るよ。ベッドのシーツの交換や洗濯もするから、君はゆっくり座っててくれ」

「大丈夫です。そういうことはわたしがしますから、匠さんこそたまの休日なんですから休んでください」

「じゃあ、一緒にやろうか」

起き上がり、床に落ちていたパジャマを拾った彼が、「ああ、それと」と付け足す。

栞はタオルケットを引き寄せながら答えた。

「何ですか？」

「――今日は栞に、つきあってほしいところがあるんだ」


匠が作ってくれた朝食を食べ、掃除や洗濯を一緒に済ませたのは、午前九時だった。

彼の車の助手席に乗り込んだ栞は、「一体どこに行くんだろう」と考える。

（買い物かな？　それともドライブかも）

どちらにせよ、こうして匠と一緒に出掛けるのはうれしい。

何しろ〝偽造結婚〟だった三年間、自分たちはデートらしいものをまったくしてこなかったからだ。

匠の運転する車は、どうやら郊外に向かっているようだった。やがて周囲の風景から目的地に気づいた栞は、目を瞠ってつぶやいた。

「もしかして、お兄ちゃんのお墓ですか……？」

「ああ」

じりじりと灼熱の日差しが降り注ぐ中、一度売店に寄って花と線香セットを買う。

まだお盆には少し早い時季だが、霊園内にはポツポツと供花が見えた。桶《おけ》に水を汲《く》み、通路を奥へと進みながら、栞は「ここに来るのはかなり久しぶりだ」と考えていた。

（家の小さなお仏壇には毎日お線香を上げてるけど、わたしも匠さんも忙しくてここにはお盆と月命日くらいしか来れてない。……お兄ちゃん、寂しい思いをしてたかな）

墓の中には、兄の櫂人だけではなく両親も眠っている。

匠は車から持ってきたタオルで墓石を拭き、売店で買った花を供えた。そして線香に火を点けながら言う。

「櫂人には、ちゃんと報告しなきゃいけないと思ってたんだ。栞とのことを」

「えっ？」

「入籍するときもここに来て、『櫂人の代わりに必ず守ると誓うから、結婚を許してほしい』ってお願いした。『絶対に手を出さないから、安心してくれ』とも……。でも今は、三年前とは違う」

彼は墓石に向き直り、真摯な表情で言う。

「――櫂人、この三年で俺の気持ちは変化した。栞と一緒に暮らすうちに、この子の優しい性格や気遣いに惹かれて、いつしか一人の女性として愛するようになっていたんだ。行き違いから傷つけるような行動もしてしまったけど、これから先は絶対に幸せにすると約束する。だから本当の夫婦になるのを認めてほしい」

「……匠さん」

匠がわざわざ兄に対して筋を通しに来たのだとわかり、栞の胸がじんとする。

しばらく亡くなった櫂人と対話するように墓石を見つめていた彼が、やがて立ち上がった。そしてこちらに向き直り、ふいに「栞」と呼びかけてくる。

「は、はい」

「もう籍は入っていて、世間的にはすっかり夫婦だけど、俺たちの実情はそうじゃなかった。だけど俺は君が好きだし、今後は本当の妻として大事にしたいと思ってる」

改まった匠の言葉を、栞はドキドキしながら聞く。

彼が真っすぐにこちらを見つめて告げた。

「──愛してる。どうか俺を、栞の本当の〝夫〟にしてほしい。たとえ何があっても全身全霊で守るし、傍を離れないと誓うから」

突然のプロポーズに、栞は胸がいっぱいになりながらつぶやく。

「匠さん……」

「この一週間、ずっと考えていたんだ。君が望むなら、三年前にしなかった結婚式をしよう。家にいるときは、家事をできるかぎり一緒にやる。新婚旅行は──休みを取るのは難しいけど、国際会議のときに君を自費で帯同すれば、何とか……」

最後は独白めいた言葉になって考え込む匠を前に、栞の中にじんわりと面映ゆさがこみ上げる。

彼を見つめた栞は、潤んだ瞳で言った。

「匠さんは、今のままで充分素敵な旦那さまですよ。わたしには勿体《もったい》ないくらい」

「……そんなことはないだろ」

「本当です。でもちょっと我儘を言わせてもらうなら、手を繋いで歩いたり、肩にもたれたり、これまでできなかった恋人っぽいことをいっぱいさせてもらいたいかなって」

ささやかな栞の望みを聞いた匠が、くすぐったそうな顔で笑う。

「そんなことなら、お安い御用だ。本当は今までだってずっと、俺は君を甘やかしたくて仕方がなかった」

栞の胸に、じんわりと幸せな気持ちがこみ上げる。

きっかけは兄の死で、自分たちの関係は〝偽装結婚〟だったが、こうしてかけがえのない存在になったのだからきっと結婚する運命だったのだろう。十歳年上で誰よりも自分を大切に思ってくれる彼と、この先の人生を共に歩いていきたい。心から強くそう思えた。

眩しい夏の日差しが燦々と降り注ぐ中、栞は愛してやまない夫を見上げる。そして笑顔で言った。

「わたしはこの先、忙しい匠さんを支えられる最高の奥さんになります。──だから末永く、よろしくお願いいたします」

あとがき

こんにちは、もしくは初めまして、西條六花《さいじょうりっか》です。『きまじめ旦那様の隠しきれない情欲溺愛～偽装結婚から甘い恋を始めます～』をお届けいたします。

マーマレード文庫で四冊目となるこちらの作品は、以前Ｗｅｂに掲載されておりました「薬指にキス　偽装結婚から恋を始める方法」という作品の改訂版です。

掲載サイトの終了に伴い、マーマレード文庫で装いも新たに刊行していただくことになりました。

内容の大筋は変わっておりませんが、全体に亘って加筆していますので、既読の方にも楽しんでいただけるといいなと思っています。

今回のヒーローである匠は大学助教、ヒロインの栞は大学生と、わたしの作品では珍しい組み合わせです。とある事情から偽装結婚し、三年目の結婚記念日に栞が「本当の夫婦になりたい」と言おうとしたところ、突然匠に離婚を切り出されて――というストーリーになっています。

今でこそ何作か偽装結婚ネタを書いているわたしですが、この作品を執筆していた当時はこれが初めてでした。「わざわざ偽装結婚する合理的な理由は？」とか、「実は両想いなのに相手に伝えられないのはどうして？」とか、いろいろ頭を悩ませた記憶があります。

真面目な性格同士のもどかしい関係を、楽しんでいただけたらうれしいです。

イラストは南国《なんごく》ばななさまにお願いしました。他作品でご一緒させていただいたときに素敵に描いてくださったので、今回も仕上がりが楽しみです。

担当のYさま、いつもお電話ありがとうございます。毎回さりげなく気分が上がることを言ってくださるので、お話しするのが楽しみです。今後ともどうぞよろしくお願いします。

そしてこの本を手に取ってくださった皆さま、栞と匠のお話がひとときの娯楽となれましたら幸いです。

またどこかでお会いできることを願って。

西條六花

マーマレード文庫

きまじめ旦那様の隠しきれない情欲溺愛
～偽装結婚から甘い恋を始めます～

2022年2月15日　第1刷発行　定価はカバーに表示してあります

著者　西條六花　©RIKKA SAIJO 2022
発行人　鈴木幸辰
発行所　株式会社ハーパーコリンズ・ジャパン
東京都千代田区大手町1-5-1
電話　03-6269-2883（営業）
0570-008091（読者サービス係）
印刷・製本　中央精版印刷株式会社

Printed in Japan ©K.K. HarperCollins Japan 2022
ISBN978-4-596-31967-8

本作品はWeb上で発表された『薬指にキス　偽装結婚から恋を始める方法』に、大幅に加筆・修正を加え改題したものです。